EXERCÍCIO DO RESPEITO

Para minha mãe, Leila.
Para minha filha, Isabel.
Para meus irmãos.
E para todos os pacientes
que cruzaram e cruzarão
meu caminho.

Maria Lúcia Pellegrinelli

EXERCÍCIO DO RESPEITO

2ª edição

MAZZA edições

Capa:
Túlio Oliveira

Ilustração:
Evandro Renan Souza Dias

Diagramação:
Elizabeth Miranda

P386e Pellegrinelli, Maria Lúcia

Exercício do respeito / Maria Lúcia Pellegrinelli. – 2 ed. –
Belo Horizonte : Mazza Edições, 2014.
96 p. : il.

ISBN: 978-85-7160-640-1

1. Ficção brasileira. 2. Ensaios brasileiros. I. Título.

CDD: B869.4
CDU: 821.134.3(81)-4

MAZZA EDIÇÕES LTDA.
Rua Bragança, 101 – Pompeia
30280-410 BELO HORIZONTE – MG
Telefax: (31) 3481-0591
email: edmazza@uai.com.br – site: www.mazzaedicoes.com.br

SUMÁRIO

PREFÁCIO

(Primeira edição)

Este livro reúne causos de nossa escola. A mineirice de Maria Lúcia, ao escrevê-los, me fez sua refém e eu me entreguei ao seu modo de dizer as coisas da vida, com aquele jeito tão leve e ao mesmo tempo tão denso, que vem das palavras simples, das frases curtas. Quisera poder me expressar tão bem assim!

As situações narradas retratam as angústias, as alegrias, a maneira de a autora lidar com esses sentimentos e de conduzir suas práticas, que não teriam passado pelos mesmos caminhos, não fosse essa sua forma peculiar de enfrentar o cotidiano e de recriá-lo, exercitando o respeito, como ela mesma refere.

Trata-se de uma arte essa sua de fazer/refazer situações, momentos que todos enfrentamos, mas que poucos temos a mesma capacidade de enxergá-los com tanta agudeza e compreendê-los com mansidão.

Na virada das páginas, experimentei esse exercício que Maria Lúcia nos propõe, desde o título. Confesso que muitas vezes não resisti e desrespeitei a sua narrativa elegante, intimista, serena, antevendo o seu final. É ainda muito difícil controlar meus ânimos, frear meus pensamentos, diante do que ela nos conta sobre suas "andanças pela inclusão".

E assim, de surpresa em surpresa, vivendo intensamente cada linha do texto, meu coração e meus pensamentos, abalados, inicialmente, pelo realismo dos problemas apresentados, foram se aquietando, envolvidos pela delicadeza das soluções, nas palavras desta "fisioteradora", que cultiva a beleza do simples e que nos emociona, quando enfrenta com tanta garra a sua luta educacional.

Mas o prefácio deste prefácio, ou seja, o que vem antes de tudo o que aqui pretendi exprimir, é a minha admiração por essa amiga tão atenciosa, amável, cuidadosa. Sua fala tão cheia de doçura é, ao mesmo tempo, a mensageira de uma forte convicção de que podemos construir sempre um mundo cada vez melhor e que à educação, essencialmente, cabe esta tarefa.

Espero ter sido a mais discreta possível ao apresentar este livro tão precioso, pois dos seus leitores não posso tirar o prazer de conhecê-lo pessoalmente e de se envolver, com seus personagens, com os enredos, com as lições de humanidade e de compaixão que dele podemos extrair.

Maria Teresa Eglér Mantoan
Primavera de 2004

PREFÁCIO

(Segunda Edição)

"As crianças são muito diferentes umas das outras. A obviedade desta afirmação não elimina a frequência com que é esquecida pelas pessoas no geral", afirma a autora. Acredito que este livro, que você, leitor, tem em mãos agora, trata das peculiaridades que cada ser humano apresenta das mais variadas formas. Somos tão diferentes, nós todos. E Maria Lúcia é das poucas pessoas que conheço a lidar com tanta delicadeza e sagacidade com as diferenças. Com ela e seus escritos aprendi as dores, os desafios e transtornos da aceitação (não da conformação) e da convivência. "Viver com" é árduo, sim. Mas somos nós que podemos ou não tornar árida a convivência, porque infértil, por natureza, ela não é. Minha mãe me mostrou, antes das dificuldades, a beleza, a alegria e os ricos aprendizados que da convivência nascem e dão outros frutos primorosos.

Os casos de suas "andanças pela inclusão" são contados de uma maneira bonita, e, arrisco dizer, nova. Aqui há um olhar cuidadoso e leve, sem deixar de ser intenso e forte, sobre "as pessoas com deficiência" (na verdade, quem não as tem?), um olhar que foge tanto da ótica sectária, divisional, quanto da ótica assistencialista ou de superioridade. Maria Lúcia ensina que somos todos humanos, falíveis e belos. "Eu sou você, você sou eu". E a cada leitura e releitura deste "Exercício do Respeito", capta-se mais da natureza humana, das delicadezas que permeiam os olhares, as mãos, os toques, as palavras, os comportamentos, os cotidianos de todos nós. Tudo é muito sintomático e significa muito, sem ser, entretanto, problema – pelo contrário, são as tais preciosidades que as diferenças têm a nos oferecer.

Maria Lúcia me ensinou, como mãe, que o mundo e a vida correm em espiral: dão as mesmas voltas, mais ou menos do mesmo tamanho, têm praticamente a mesma forma, porque a roda já foi inventada na primeira volta. Mas, prestemos atenção, não se trata de um círculo. É uma espiral, são várias espirais. A cada volta, sabemos mais e temos outras escolhas, oportunidades de pensar e agir diferente. A cada volta, a vida pode, sim, ficar mais leve e bonita – não basta só querer, é preciso querer e lutar. É preciso olhar ao redor com essa tenacidade de Maria Lúcia, com esse amor tão inteiro e admirável.

Na espiral, este livro girou, viveu, afastou-se e aproximou-se até esgotar-se – somente em números de exemplares. Agora, renasce nesta segunda edição de, tenho certeza, muitas por vir. A espiral girando. Nós, querendo ou não, rodando juntos, lado a lado. Tão parecidos, paradoxalmente, somos ímpares e temos as singularidades à vista. Vamos enxergar, não só ver. Como bem escreveu Guimarães Rosa, "O correr da vida embrulha tudo, a vida é assim: esquenta e esfria, aperta e daí afrouxa, sossega e depois desinquieta. O que ela quer da gente é coragem".

Viva o "exercício do respeito"! Uma ótima leitura a todos!

Isabel Pellegrinelli
Primavera de 2014

INTRODUÇÃO

Andanças pela inclusão

Gosto muito de observar mãos. Elas nos fazem compreender a pessoa. A maneira como se movimentam enquanto falamos, ou quando alguém toca violão – o dedilhar nas cordas –, ou quando se faz percussão batendo as mãos no peito (tenho uma cliente, a Sandra, que faz isso como ninguém, tão bonito...). As mãos, todas as mãos, são de uma delicadeza arrebatadora. Se olharmos atentos, veremos que seus movimentos falam por si só, dão-nos pistas de onde aquela pessoa quer chegar com aquele raciocínio. Já pararam para observar as mãos?

Pois bem. Gosto muito de trabalhar com as mãos também. No meu ofício de fisioterapeuta e escrevendo, tecendo, bordando, costurando, desenhando. Esses movimentos que minhas mãos me proporcionam me acalmam, me deixam muito comigo mesma. Fico encantada com a capacidade de pegar a linha e, com pequenos movimentos da agulha, perfurar o tecido ou fazer uma nova laçada, assim tecendo uma trama.

Muitas vezes fico insegura com o que estou bordando: se as cores combinam, se o risco está bem feito, se aquelas linhas emaranhadas num pedaço de pano estão correspondendo à minha expectativa. Mas não desisto. Olho várias vezes, passo as mãos, coloco nova linha na agulha e lá vou eu. Minha avó materna foi quem me ensinou a crochetar. Eu tinha então oito anos e com hora marcada ia até sua casa, com a bolsinha já revisada pela minha mãe, com as agulhas e a linha. Creio ser essa a melhor lembrança que tenho dessa minha avó. Orgulhosamente ela trançava a linha, suave e firmemente, fazia com suas mãos movimentos que, inicialmente, eram um enigma para mim. Hoje me volta o encantamento desses momentos, quando minha mão pega na agulha e tece a trama. Muitas vezes é no avesso desses trabalhos que se encontra a beleza do que foi feito.

Agora, aqui, diante deste computador, reflito sobre a minha trajetória. Fico pensando nesses alinhavos de bordadeira e nos meus contatos profissionais. Como fisioterapeuta, enxergo meu trabalho assim: artesanal, aparentemente sem sentido, mas que sempre retorna para mim de um jeito belíssimo. É que faço do uso de minhas mãos um recurso, que, por meio do método neuroevolutivo Bobath, no qual me especializei há tantos anos, consegui aperfeiçoar. Meu trabalho se dá com pessoas com algum comprometimento em seu desenvolvimento sensório perceptivo motor. O método Bobath se beneficia da plasticidade do cérebro e oferece oportunidades de movimento para o que aparentemente está sem controle ou mesmo inerte. Mas, como escrito acima, é só um recurso, um instrumento de trabalho. Importantíssimo, porque, por meio dele, a proximidade e o contato de minhas mãos com a pessoa que acompanho me trazem a linha para tecer a história.

E são tantas as histórias que fazem parte desse meu bordado! Minha irmã, educadora, brinca comigo, dizendo que sou uma ostra. Escondo no meu mais guardado canto as minhas pérolas. Essas são cultivadas com muito tato e cuidado, e agora algumas fazem parte deste livro. Quero partilhar com vocês, leitores, um pouco dessas riquezas. São conquistadas no dia-a-dia com pessoas com deficiências, seus familiares, amigos, escolas.

São muitas as dificuldades encontradas nesse meu caminho. Nas sessões de trabalho que faço com clientes na rua, deparamos com olhares estigmatizantes, carregados de preconceito e de desconfiança. Tratar disso com respeito, ser verdadeira com as pessoas com deficiência e fortalecê-las no que são, é um exercício de persistência e paciência.

É lugar comum discorrer sobre a importância da escola. Porém, tenho sentido que as tentativas de parceria e as visitas feitas às escolas começam a dar bons frutos. Fui me embrenhando nas que meus clientes frequentam, para conhecer melhor e saber como funcionam, para saber de onde vem a ideia de que a deficiência impede a qualidade, de onde vem a resistência dada por meio do argumento da falta de preparo dos professores. Passei a oferecer cursos colaborando na formação de profissionais inclusivos e fiquei entusiasmada com a garra de professores que conheci nessas aulas. Pessoas envolvidas e se ocupando de fato da inclusão, lutando para fazer valer seus direitos e os direitos dos outros.

O processo de inclusão de pessoas com deficiência em escola regular é considerado bastante ameaçador, por estar provocando um deslocamento. Ele faz repensar os conceitos. Ao investigarmos como as pessoas processam as informações (como aprendem), devemos avançar indagando e estudando os modelos de ensino para aprimorarmos as habilidades de todos. Tratar desigualmente as pessoas não é o mesmo que reconhecer que somos diferentes. A diferença merece ser tratada como valor, não como defeito.

De maneira profunda, ***todos somos um*** sintetiza a diversidade. E essa expressão é, na verdade, a linha principal deste livro.

Vivo, também, grandes dificuldades e frustrações nessa empreitada. Por vezes sou mal-interpretada, noutras interpreto mal e não consigo alcançar as pessoas que acompanham meu cliente em casa, na escola, no trabalho, na rua. Aí é um desastre. Preciso falar disso para manter minha crença de que, apesar de a sociedade, no geral, estar gravemente despreparada, há sinais de aceitação, credibilidade e respeito à diversidade humana. Aí cultivo as pérolas, escrevo as histórias, como algumas deste livro, que contam experiências, tentativas e acertos.

ENSOLARADO DIA

Júlia é uma menininha adorável.

Veio ao mundo muito miudinha, o que trouxe muitas preocupações. Mas, diretamente proporcional à sua miudeza, está sua fortaleza. Enfrenta com seu jeito sapeca todas as dificuldades, sejam clínicas ou de qualquer ordem. E vai vencendo com grande margem de frente.

Desde sempre, mostra sua determinação em estar no mundo observando, dando palpites, captando no ar as situações a sua volta. Não perde a oportunidade de se posicionar e de instigar com suas perguntas surpreendentes.

Ainda ia completar três anos (atenção: três aninhos!) quando, numa manhã de sábado, presenciou a conversa de seus pais. O assunto girava em torno de como aproveitariam o dia. Sábado ensolarado, propício para clube! Mas a mãe, sem ajudantes naquele dia, sentia necessidade de organizar a casa; os cuidados com a filha também demandavam tempo e o sol lá fora mostrava que metade da manhã já era passado. O pai, calmamente, se arrumava para ir jogar tênis com amigos. Afinal, trabalhou a semana toda, não abriria mão de seu lazer. Precisava arejar, distrair. A mãe também trabalhou a semana toda, cuidou de levar a filha à escola, cuidou da casa, da alimentação, enfim, estava esgotada. Também queria distrair, arejar, usufruir o lazer. Mas como poderia ser? O pai saindo, com quem ficaria a filha? E quem faria o necessário para manter a casa em ordem e para terem o alimento providenciado para a volta?

Juju assistia ao movimento confuso: pai se vestindo com bermuda branca, pegando a raquete e se dirigindo para a porta de saída; mãe se descabelando, alterando a voz, mas querendo disfarçar o embaraço, afinal não podia resvalar na filha o que era deles. E Júlia ali, atenta.

A mãe perguntou:

– Você está indo mesmo jogar tênis? Vai nos deixar aqui sozinhas?

O pai respondeu sem pestanejar:

– Estou indo, sim, depois vocês vão e nos encontramos lá.

E foi saindo tranquilo.

Juju, de prontidão:

– Mamãe, aonde está indo o papai?

– Seu pai está indo jogar tênis com os amigos!

E sua fala carregava toda sua indignação e raiva por ficar ali, naquela manhã de sábado, atrapalhada com os afazeres que poderiam ser divididos e, assim, a família iria unida e mais rapidamente ao clube. Ao mesmo tempo, não queria que a filha se sentisse no lugar do problema, no lugar de quem separa os pais. Tentou contemporizar, amenizar a situação, falando palavras num tom mais suave e sem demonstrar tanto sua raiva. Não deu muito tempo. Rapidamente, Júlia, depois de a tudo assistir, vendo o pai já destrancando a porta, dirigiu-se à mãe:

– Mas mamãe, por que você não vai jogar sandálias com suas amigas?

Ouvindo aquilo, o pai voltou. Juntos, deram boas gargalhadas. Juntos, cuidaram da casa e da filha e, juntos, foram para o clube. O sol esperava por essa adorável família.

QUAL É SEU DEFEITO?

Aos 6 anos, Ana é uma menina de olhar expressivo, sensível, atenta. Conto que estou esperando neném, e ela me olha pensativa.

– O que você acha disso?

– Ah, não sei – responde. – Sua barriga vai crescer.

Ela me abraça feliz. Digo que ficarei um tempo sem trabalhar, mas que logo volto a estar com ela.

– E o que você acha dessa gravidez, de ter um neném que vai crescer na minha barriga?

Ela nada diz. Prontamente levanta o polegar em sinal de positivo. Em seguida:

– Vai ser joia. Sabe por quê? Você vai ter uma pérola.

Acompanho Ana desde que ela tinha um ano e sete meses. Chegaram as duas muito assustadas ao meu consultório de fisioterapia. A mãe perseverante, dedicada, generosa. A filha ainda amedrontada com os fantasmas brancos das diversas cicatrizes que riscam seu corpo, fazendo dele um mapa.

Com sequela de mielomeningocele – uma malformação que se dá intraútero e compromete a coluna vertebral –, ela chegou com equilíbrio precário, sem conseguir se manter assentada, controlar a cabeça e, como bichinho acuado, temia que eu me aproximasse, que a tocasse. Levamos dois meses para que enfim ela chegasse sem medo e recebesse minha mão, para que pudéssemos fazer da sessão, de nosso tempo juntas, algo produtivo, prazeroso, feliz.

Percorremos um longo caminho até aqui. Assim que foi possível mantê-la de pé, iniciamos o uso de um tutor longo com cinta pélvica. Nele, ela deu seus primeiros passos. De bengalas, Ana evoluiu para um tutor longo bilateral até que passou para um curto, depois sapatilhas e finalmente, hoje, aos oito anos, uma palmilha nos sapatos.

Ana lutou arduamente para conquistar a marcha, a independência no andar. Por ter um comprometimento significativo, ela desenvolveu uma escoliose considerável. Tem um jeito característico de andar. Não manca, não arrasta a perna, mas sua desenvoltura não parece comum, normal às pessoas. Porém, vejo elegância em sua marcha. Vejo na delicadeza de seus movimentos toda a sua trajetória.

Em 93, numa manhã de quarta-feira, quando Ana ainda tinha cinco anos, me deparo com sua mãe nervosa na sala de espera. Irritada, ela me diz que Ana ainda faz cocô na roupa só para chateá-la, pois é só na sua companhia que isso acontece. Entendo que Ana, assim, mostra às pessoas sua diferença. Marca sua presença de maneira negativa na tentativa de ser aceita como é. E assim aponta para sua mãe a diferença que ela aparentemente nega. Em situações como essa, a mãe argumenta: "Se ela ainda fosse doente...".

Nas sessões seguintes, conversamos a respeito do que acontece com ela. Ponho a mão em sua barriga e digo que ali dentro deve ter acontecido um mal-entendido, antes de ela nascer, e por isso enfrenta tantas dificuldades. Aí ela me conta da colega que fala de seu defeito:

"Ô Ana, você tem um defeito na perna, né? Por isso você anda esquisito assim?" Ana se calou diante da colega e vez por outra fazia seu cocô na roupa quando estava junto da mãe.

– Defeito todo mundo tem, Ana. Uns aparecem mais facilmente, são mais visíveis como este seu; outros ficam guardados, às vezes escondidos, talvez como algum dessa sua colega, e aí precisa-se de conviver mais com a pessoa para tomar contato com eles, conhecê-los. O defeito mostra a imperfeição, a falta própria da gente.

Depois dessa conversa, Ana não fez cocô na roupa durante algum tempo. Presumo que tenha se sentido aceita com sua falta.

Em 95, já próximo de ela completar oito anos, ao chegar ao consultório, encontro sua mãe nervosa me esperando. "Que Ana fez cocô na roupa, que só com ela acontece isso, que..." Ana me olhando assustada. Vejo que está novamente em dificuldades.

Ao iniciarmos o atendimento lembro a ela da outra vez, da pergunta que a colega fez na outra escola. Pergunto sobre a nova turma.

– Ah, o Tiago é o único que na aula de vôlei "me enche" perguntando por que eu não ando direito. É que eu não alcanço a bola às vezes, mas eu adoro jogar!

– E o que você diz para ele?

– Nada. Não falo nada.

(Sinto um conforto por dentro. Que coisa feliz, ela adora jogar vôlei! Junto com a bola joga para o alto também o que a impede: sua imperfeição).

Então ela me diz:

– ELES ACHAM QUE EU NÃO SEI, MAS EU SEI O QUE EU SINTO.

Chamo a mãe, explico o que se passa, que Ana não faz cocô na roupa de propósito, mas é assim que sabe mostrar que é a mãe quem pode lhe socorrer, ajudar na dificuldade. A mãe chora e me diz:

– Mas eu achava que ela já sabia responder quando as pessoas falam de seu defeito. Ela já aprendeu.

– Ela sabe da boca pra fora; precisa aprender agora da boca pra dentro.

Na sessão seguinte, ela volta contando que não fez mais cocô na roupa. Fala de uma colega que tem um defeito na mão, colega que ela observa muito. "Ela joga vôlei com a mão fechada". Sugiro que conversem sobre suas dificuldades, seus defeitos. "Ela faz fisioterapia também, tem o problema desde que nasceu, e eu falei que o meu se chama luxação". Digo a ela:

– Ana, seu problema também é de quando você nasceu, mas não se chama luxação.

No dia do seu aniversário, durante o atendimento, conto-lhe o que é luxação, faço um desenho grosseiro da cabeça do fêmur no acetábulo do quadril; ela ri solto, acha as palavras engraçadas. Por fim, falo a grande palavra: mielomeningocele. Desenho também o que aconteceu desde que estava na barriga da mãe, falo da malformação, da colocação da válvula na cabeça (DVP – Derivação Ventrículo Peritoneal) e de como funciona. Ela escuta atenta, interessada. Demonstra certo alívio por conhecer melhor o que determina sua história.

– Ah, quer dizer que não é luxação? Ah, ah, vai ser engraçado dizer isso pra eles: mielomeningocele.

– E como você se sente completando oito anos?

– Com oito pesos nas costas...

Contudo, Ana é uma criança tranquila, de bem com a vida.

Trocamos ideias a respeito de nossas qualidades e de nossos defeitos. Ela diz que sua qualidade é a inteligência. Eu digo que também é a sensibilidade. E seu defeito?

– Ah, sou preguiçosa!

Sem precisar mergulhar no meu mar, Ana revela minhas joias, abre ostras, traz minhas pérolas. E, nesses mergulhos que fazemos, juntas desbravamos seu mar, que me traz preciosidades.

Entre alongamentos, distribuição de peso, dissociação de quadril e de movimentos, nós vamos alongando afetos, distribuindo, trocando alegrias, conhecimentos e movimentando com leveza a vida. Convivendo com Ana, reafirmo dentro de mim que as situações não são definitiva nem definidamente colocadas. As pessoas estão sempre ocupando um lugar, porém não necessariamente o mesmo, sempre.

Tenho para mim que meu contato parte do motor, do que move o corpo, mas é também parte do que habita o corpo. Meu contato objetiva a função motora, e trazê-la à tona é muitas vezes uma viagem que resgata histórias guardadas. A pessoa então se desloca. Sai do lugar que ocupa na família, no seu meio, passa a alçar outros voos, a querer outro espaço. Nem sempre isso é bem-recebido, é correspondido.

Muitas vezes a família quer, sobretudo, a garantia de que a melhora, a mudança, não vá trazer complicações, só alegria pelo sucesso, pelo resultado obtido. Mas um tronco que se equilibra desenvolto sobre as pernas dá à

cabeça outros olhos para ver o mundo. Dá às mãos funções desconhecidas e sonhadas. A pessoa percebe seus outros lados adormecidos. Por vezes, isso ameaça aos que têm na dificuldade, no desacerto, no defeito de outros, o lugar de sempre.

O desequilíbrio, já disseram, é que gera mudanças. Mas não percamos de vista: a vida é um movimento que nos presenteia com o equilíbrio.

ESCOLA PARA QUEM?

Numa manhã chuvosa de novembro, chega ao meu consultório a mãe de minha cliente para a sessão. Vem sem a filha, pois quer aquele horário para trocar ideias sobre a escola da menina. Cecília é portadora de uma malformação que atinge sua coluna vertebral. Logo que nasceu, sofreu várias cirurgias para reparações. Ainda assim, apresenta alguma dificuldade no andar.

Sua mãe preocupa-se com sua escolaridade. Quer oferecer à filha boa formação, recursos que lhe darão oportunidade de desenvolver-se, de usufruir o melhor. A dificuldade motora aparente (é lenta no caminhar) não é obstáculo intransponível. Seus olhinhos, ávidos por conhecer, buscam o mundo, e isso é suficiente para enfrentar os dragões.

Sim, dragões, e poderosos, pois estão a postos para cercear suas possibilidades. Por que essa visão tão assustadora? É que Cecília convive em seu dia a dia com olhares curiosos, estigmatizantes; cruza com pessoas que a consideram menor, com pouca chance ou digna de um sentimento de piedade.

Naquela época, Cecília frequentava uma escola de bairro, com poucos alunos em sala; fizera ali o maternal, o pré e agora cursava a primeira série. A ideia da mãe era que poderia ser facilitador os três filhos estudarem num mesmo lugar. Ela considerava que na nova escola o desempenho de Cecília poderia melhorar. Queria minha opinião, pois eu acompanhara sua filha desde cedo.

– Ela dá conta?

– Não tenho dúvida de que é capaz de frequentar escola regular tranquilamente.

Mudar de escola é especialmente difícil para crianças com dificuldades, mas concordamos que não é impossível e que é importante enfrentar o desconhecido, buscar o novo.

A mãe resolve, então, levar Cecília para fazer o teste na escola do irmão mais velho.

São três provas na seleção: matemática, português, redação.

No dia do teste, cedinho, mãe e filha lá estavam com grande expectativa. A professora auxilia na escada de acesso à sala e a mãe fica aliviada, pois temia que a filha caísse. Amparada por um corrimão, Cecília consegue subir qualquer escada, mas naquela situação...

Com toda sua aflição por estar em um lugar diferente, com pessoas novas, ela faz as provas: acerta todas em matemática, não erra uma em português e, com seus oito anos de luta incansável, conta na redação, com letra irregular e confusa, seu convívio com os colegas.

Dias depois a mãe vai buscar o resultado, e a coordenação da escola a convida para uma reunião.

Ansiosos, pai e mãe chegam na hora marcada. A orientadora os identifica como os pais daquela menina que tem um "probleminha nas pernas" e, em seguida, discorre sobre o nível da escola, a frequência, o desempenho exigido e diz que não será possível aceitar Cecília. O pai pede que fale claramente se é por causa da limitação motora da filha, e a orientadora responde convicta que sim. Diz que seu atraso não permite que acompanhe os colegas, que ela raciocina (faz as contas de matemática), mas não pensa adequadamente (tem ideias incoordenadas na redação)...

COMO SERÁ ISSO DE RACIOCINAR E
NÃO SABER PENSAR?

Na tentativa de poupar sofrimento à filha, eles chegam em casa dizendo que acharam melhor ela continuar na mesma escola. Cecília aceita calada e tem três dias de febre alta sem motivo aparente.

Quando retornam à fisioterapia, a mãe me conta o ocorrido, e Cecília me espera na sala com os olhinhos assustados. Pergunto se ela sabe que uma moeda tem dois lados: a cara e a coroa.

– É, numa mesma moeda dois lados.

– Pois é, Cecília. As pessoas também são assim, têm mais de um lado e precisam ser aceitas e respeitadas com todos eles. Sua mãe não te colocou na outra escola por que lá aceitam seu lado que soma certinho, mas não respeitam seu lado que anda devagar, que precisa de apoio para subir escada, que...

Ela emenda:

– Pensa devagar, escreve devagar... E eu, eu tenho que respeitar que eles fazem rápido?

– É isso! Você faz, mas eles não respeitam seu jeito, seu tempo de fazer. E, pra gente respeitar as pessoas, a gente precisa ser respeitada.

O tempo passa, mas a impressão duradoura do menosprezo, assim como a cicatriz das cirurgias nas costas de Cecília, está fotograficamente plantada.

A polêmica se perpetua: ESCOLA PARA QUEM?

ESPECIAL, DIFERENTE. QUEM NÃO É?

As crianças são muito diferentes umas das outras. A obviedade dessa afirmação não elimina a frequência com que é esquecida pelas pessoas no geral. Para aqueles que estudam o crescimento da competência humana, os mistérios são tão vastos como para qualquer pessoa. Não existe a criança ideal, a criança típica de 8 meses ou de 5 anos. O que vive é a criança nessa idade, nesse meio, nesse momento de sua manhã e com sua história. As observações, os argumentos e comentários feitos sobre algumas histórias contadas aqui visam somente a reafirmar e engrandecer o valor da diferença.

Desde o tempo em que seu lugar se fez, crescendo dentro da mãe, até o tempo da autonomia, de decidir por si mesma, Clara, como qualquer pessoa, experimenta uma belíssima contradição (curiosamente, o ser humano é o único animal que ao nascer depende da mãe para tudo): junto ao seu estado indefeso, de completa desproteção, pulsa uma incrível vitalidade, que, como um rio, flui da nascente e de mansinho vai entrecortando seu caminho. Mas, no caso de Clara, essa pulsão vital que mobiliza o mundo a sua volta depara-se com obstáculos que não interrompem passagens, mas que julgamos intransponíveis.

O ser humano que se desenvolve e evolui naturalmente perde demais quando não se dispõe a receber, a estar prontamente com aquele que trouxe consigo ou encontrou no caminho as pedras. *Como Clara.*

Ela era ainda bebê, recém-nascida, quando a conheci. Tinha um quarto silencioso, numa casa bem cuidada, com um berço sólido cheio de rolinhos protetores. Seus pais procuraram por mim pela necessidade de cuidar de sua evolução motora: o aprendizado do controle de cabeça, do equilíbrio do tronco, do apoio de mãos, o ato de assentar, de engatinhar, de andar... Com o tempo e a convivência, foram percebendo, de certa forma admirando e respeitando, nossa viagem nas conquistas, no estar e olhar o mundo. É que no nosso contato praticamos algo valioso: primeiro chegamos nós, em seguida os problemas. A pessoa inteira é recebida, depois as decorrências.

O desenvolvimento de Clara veio acontecendo no seu tempo (como de resto acontece com todas as crianças). Com Síndrome de Down, ela é especial no que de mais simples isso significa: na peculiaridade de seu olhar doce e sapeca, de seu sorriso contagiante de alegria, da esperteza com que observa o lugar.

Então, da mesma maneira como as pessoas no geral, cada uma a seu modo, buscam aproveitar as oportunidades de crescimento, a pessoa com dificuldades evidentes (mental, motora, ou de qualquer natureza) busca enfrentar o desafio de estar desprotegida e conquistar autonomia, aprender a ser só. Encontra toda sorte de empecilhos: preconceitos, menosprezo, indiferença, descrédito, desconfiança.

Por isso, vemo-nos diante de uma situação incansavelmente repetida e que deveria ser insólita: defendemos o indefensável, necessitamos falar e ouvir o óbvio, o mais simples, o verdadeiro.

A inspiração de Carlos Drummond de Andrade, quando nos diz que o ser humano é um estranho ímpar, coloca-nos quão vasto e profundo é existir; como somos diferentes e por isso tão ricos. Essa singularidade nos leva a uma viagem maravilhosa: no momento em que recebemos o outro como ele é, abrimos porta e janelas, deixamos que o outro tropece no novo, traga o que acrescenta, traga a força do que inteira e interage. E isso, incondicionalmente vivido, leva-nos a viajar juntos: cada um está e olha o mundo por si só, mas de maneira partilhada.

Quando ela chega ao consultório, frequentemente traz um sorriso simpático e cativante. Durante a sessão de fisioterapia, mostra com veemência o que quer (se é trabalhar na bola ou encaixar potes, descobrir cores e tamanhos ou descarregar peso com o quadril posicionado). Fala ainda poucas palavras e sabe expressar muito bem suas vontades. Faz valer seu desejo com o olhar, apontando, gesticulando, falando finais de frases e poucas sílabas. Por vezes insiste em situações que não são adequadas para o momento. Quando fica muito evidente sua dificuldade, por exemplo, em sustentar o tônus muscular para conseguir a função de subir uma escada, ela reclama, quer desistir ou distrair-se com outra atividade. Vem então o limite que bate de frente com sua determinação. Endurecemos uma com a outra, ela bate o pé, insiste, e eu, irredutível, reafirmo valores importantes de serem considerados. Ela não vem para brincar ou distrair-se de suas dificuldades. Vem exatamente para aprender a viver com elas, a modificá-las, vem para descobrir também as facilidades que possui.

Trabalhar com pessoas que têm alguma disfunção neuromotora permite exercer o direito da convivência, permite a troca, a via de mão dupla. É curioso como encontramos "bons samaritanos", pessoas que consideram boa ação lidar com os que têm alguma dificuldade física ou algum comprometimento mental, como se estes não fossem dignos de ocupar um lugar ao sol, dignos de frequentar uma escola que deveria ser um lugar de TODOS, incondicionalmente. São tidos como os "coitadinhos" que estão no mundo para causar piedade, ou para pagar ou fazer com que alguém pague. Ocupam o lugar-problema na família, como se essa não tivesse outra maneira de escoar, de diluir e até mesmo de enfrentar os outros tantos problemas que a vida coloca. Criança com qualquer dificuldade é um alvo fácil para se tornar o PROBLEMA.

Qual sala de aula não tem um menino asmático, alérgico ao pó?

Onde não encontramos alguém com dificuldade de se adaptar ao meio ou de dividir com os colegas seus brinquedos?

Em que praça não encontramos filha de pais separados, e por isso machucada, fragilizada?

Como não identificar o menino retraído, ensimesmado por estar sofrendo a morte do pai?

A mais gordinha, o que usa óculos, o que fica envergonhado por ainda usar fraldas quando já é possível ir ao banheiro; para todos esses é duro se fazer respeitar; raramente encontram um ambiente acolhedor, que os aceita. Até na própria casa acontece de serem vítimas de discriminação, da gozação que gera baixa estima e aumenta a insegurança.

Paula é prima de Clara. Faz também acompanhamento fisioterápico por apresentar, ainda nova (tem 8 anos), um desvio na coluna que precisa ser cuidado. Outro dia me perguntou:

– Mas se Clara já pode ir à escola, por que não vai para a minha?

– É que sua escola não recebe pessoa com Síndrome de Down.

– Uai! Como assim? Ela não pode estudar lá?

– Não. A direção não permite.

– Eu, hein! Que esquisito...

Clara e eu fazemos um exercício toda vez que nos encontramos: eu a recebo e ofereço as oportunidades para facilitar seu desempenho motor, para que ela elabore suas hipóteses de raciocínio; ela me recebe se entregando para os momentos partilhados. É adorável exercer o direito da convivência com essa pequenininha.

Há um grande desafio que precisa ser encarado: as pessoas são diferentes, necessitam de oportunidades diferentes, porém no mesmo lugar, juntas, pois criança aprende com criança: na ESCOLA. A mesma escola para todos, porque o professor deve ser especializado em todos os alunos. Assim, sem perceber, cada vez mais o professor se especializa nele mesmo por universalizar o particular. Também assim, cada vez mais, se humanizam os caminhos. Todos somos especiais, todos temos diferenças, deficiências que precisam constantemente ser incluídas no movimento da vida.

A inclusão social é uma filosofia, adotada pela UNESCO, que se baseia na oferta de oportunidades iguais para todos, que defende uma sociedade que deve ser definida por um princípio: todas as pessoas têm o mesmo valor.

Inclusão não é integração. As duas inserem a pessoa com dificuldades evidentes na escola. Porém, na integração a entrada dessa pessoa no ambiente escolar é parcial, sujeita às avaliações e aos julgamentos que possam fazer a seu respeito. Na inclusão, essa inserção é incondicional.

Por isso, a inclusão é, de certa maneira, ameaçadora. Ela mexe no alicerce, nas questões já comodamente estabelecidas e, por isso, inquestionáveis.

Daniela é uma menina ativa, com olhinhos sempre em busca de saber e de se fazer entender. Tem nove anos e é bastante comprometida do ponto de vista motor. Nem isso consegue esconder sua inteligência, apesar do precário controle de cabeça e de seus movimentos involuntários. Este ano ela não frequentará a escola. O pai não vê sentido, acha que ela não dá conta de aprender muito mais do que já sabe. Semana passada, cortei meu cabelo e, de fato, ficou bastante curto. Quando Daniela me viu, ficou olhando para meu rosto como que querendo me dizer algo. Diante da insistência de seu olhar me dei conta de que era a primeira vez que ela olhava para meu novo visual. Perguntei se ela tinha gostado. Seriamente ela fez sinal que não com a cabeça. Comecei a rir e ficamos dando gargalhadas, divertindo-nos com a verdade que só ela tinha tido a coragem de dizer.

Tenho plena convicção de sua possibilidade de ser alfabetizada. Por que Daniela não pode conviver na sala de aula com colegas de sua idade? Por que eles não podem ajudá-la a aprender a ler e escrever e não se deixam ajudar com sua coragem e sinceridade?

Educar é um processo dinâmico, que exige troca. Sabemos que quanto mais a criança interage com situações diferentes, mais ela adquire conhecimento. Segundo Piaget, um conhecimento tem sempre por base um outro conhecimento e vai sendo apreendido pela integração com os anteriores. Então, como as crianças com dificuldades mobilizam seus conhecimentos anteriores para assimilar um novo conhecimento ou mesmo executar uma atividade? Essa é uma pergunta pertinente que nos faz refletir sobre como ocorre a alguém independentemente de ter ou não algum comprometimento mental, colocar em ação suas ideias.

Conheci, por meio de Maria Teresa E. Mantoan, uma história que é divisora de águas para mim: numa escola, em uma cidade de Portugal, estava acontecendo uma festa. Parecia uma confraternização onde tocavam música e as pessoas dançavam. Uma delas, assentada em uma cadeira de rodas, bailava com o olhar. E era tão vivo seu desejo de dançar que quando se deu conta, um colega, não contente em vê-lo assentado, colocou-o envolvido em uma faixa, abraçado ao seu corpo como se fossem um só. Essa criança dançou e pôde experimentar a sensação do balanço, de estar de pé, na mesma altura dos outros. E a criança que o abraçou permitindo que, com o peito aberto, voltado para as pessoas, ele se visse assim, também experimentou uma sensação única.

Essas reflexões são mais um passo num longo caminho que se faz na medida em que nos humanizamos. Vamos juntos?

INCLUSÃO: UMA QUESTÃO DE PRINCÍPIO

A inclusão na sociedade de pessoas com dificuldades física e/ou mental tem sido bastante discutida nos últimos tempos. A ideia, defendida por alguns e desprezada por outros, vem causando polêmica, e o objetivo aqui é acrescentar argumentos para a discussão sair da teoria e se transformar cada vez mais em prática.

Defendo a concepção de que inclusão é uma questão de PRINCÍPIO. Como entendo que as respostas nascem nas perguntas, trago a você as seguintes:

– Onde começa a inclusão?

– Quando, de que maneira nós a praticamos?

Sei que todos conhecem a importância da fisioterapia na vida das pessoas que apresentam algum transtorno motor, seja por aumento de tônus ou pela diminuição dele, como é o caso das pessoas com Síndrome de Down. Sabemos que, independentemente da fisioterapia, a pessoa com a síndrome evolui: aprende a rolar, assentar, andar e tudo mais... Mas acho importante salientar que, se é possível a pessoa se beneficiar de um acompanhamento fisioterápico, sua qualidade de vida, sua performance motora, é indiscutivelmente melhor. Certamente essa pessoa estará mais bem preparada para os desafios impostos pela sociedade, estará em melhor condição para encarar a corda esticada que muitas vezes a vida é para nós todos.

Acredito que para cada um de nós a fisioterapia tem um lugar diferenciado, por ser fator determinante na vida das pessoas que necessitam dela. Entendo a fisioterapia que pratico de maneira ampla, abrangente, diria até que artesanal. Penso que é por isso que meu olhar e minhas considerações a respeito da inclusão são tão definidos – praticar a inclusão no meu dia a dia é um exercício determinado, de credibilidade e esperança nas pessoas.

Há um tempo recebi no consultório um casal que trazia seu filho de cinco meses, com Síndrome de Down, para ser avaliado e posteriormente usufruir um acompanhamento fisioterápico. A mãe chegou dizendo que era muito difícil estar ali, pois, para fazer um movimento na direção do desenvolvimento do filho, primeiro encarou sua própria limitação como ser humano e só a partir daí pôde receber seu filho dito limitado. Inicialmente viveu forte depressão, encarou o luto do filho idealizado, e agora estava ali, na condição humildemente zerada e querendo oferecer ao filho o que o mundo poderia lhe dar. Esta criança evoluiu muito bem do ponto de vista motor: tem uma marcha elegante, independência funcional – é acolhido, aceito como ele é. E, por isso, cada vez mais se descobre sua capacidade, assim como a da irmãzinha que cresce junto dele. Considero importante refletirmos sobre isso: penso que essa família, na figura dessa mãe, só deu conta de estar com esse filho sem se deixar mergulhar na síndrome e nos problemas que eventualmente ela traz por ter recebido essa criança antes dos problemas, antes da síndrome que ele carrega.

Infelizmente essa não é a regra.

Tenho observado como é frequente as pessoas se conformarem, contentarem-se com pouco, sem permitir que os que estão a sua volta, que apresentam alguma dificuldade, possam sair do lugar. Em toda estrutura familiar cada um cumpre um papel: temos o filho estudioso, a filha mais calma, o que é mais agitado, a que é mais caladinha... E também temos o que ocupa o lugar do problema, do que não sabe, do que raciocina pouco, do que não é esperto. A pessoa com qualquer dificuldade, na grande maioria das vezes, fica nesse lugar imposto a ela. O lugar do problema. Então ela tem que enfrentar mais essa. O movimento para sair desse lugar exige muito: além de enfrentar o descrédito dos outros, essa pessoa tem que fazer um grande esforço para provar que é digna de alçar voos como qualquer um. Aí dizem assim: que ilusão dessa aí, como ela acha que pode ser alguma coisa? O mundo exige que sejamos produtivos, a sociedade capitalista quer engolir nós todos... Mas somos nós que fazemos o mundo! Somos nós que abrimos ou não nossas portas e janelas. Temos necessidade de garantias: de sermos aceitos, de saber que nossos filhos vão ser felizes, vão andar, conversar, frequentar escola, trabalhar... Mas ninguém tem garantia de absolutamente nada e, quando isso se volta para a pessoa com deficiência – a falta de garantia – a angústia é muito grande. Por quê? Parece que, por ele ter dificuldades, ele é menor, é menos gente, não vai dar conta. Precisamos reverter essa visão que não nos permite receber a pessoa como ela é, independentemente de qualquer coisa, incondicionalmente. Incluir é isso. Não vejo como podemos discutir inclusão na escola, no trabalho, na sociedade, enfim, se não praticamos esse exercício no nosso cotidiano. Um exercício de respeito. Respeito pela mãe, pelo pai, pela pessoa com Síndrome de Down, não por serem coitadinhos, mas porque, como eu, são humanos, porque, na verdade, estou me vendo neles. O fato de me respeitar, me aceitar, é que me leva a ser cada um deles. Somos a humanidade. Sou também uma pessoa limitada – o limite não é humano?

Todos estamos sujeitos a viver situações difíceis, e por isso a inclusão é uma questão de PRINCÍPIO. Não dá para com jeitinho incluir ou incluir mais ou menos. Ouço dizer que é muito difícil conviver com pessoas com deficiências, que é complicado entendê-las, educá-las, aceitá-las, mas que temos o dever de nos relacionarmos com elas. Façamos um exercício extremamente rico, vamos ter um olhar às avessas para isso: difícil é não entendê-las, não educá-las, não aceitá-las. E vou além: temos mais que o DEVER, temos o DIREITO de nos relacionarmos com elas. Isso muda tudo. Quem se dispõe a experimentar está se dando a chance fantástica de crescer, pois, ao se ver espelhado no outro, descobre a riqueza do humano, descobre que antes da síndrome há uma pessoa, há humanidade. E é essa pessoa que recebo no meu exercício de inclusão.

Muitas vezes o limite que a pessoa com Síndrome de Down tem imposto a ela escancara para nós mesmos nossos próprios limites. Aí, para fugir de nossas próprias limitações, esboçamos um sentimento de piedade. Parece que ter pena ameniza, amortece o sentimento de impotência que temos diante daquilo com que não sabemos lidar. Na medida em que encaro que não é a pena que sustenta minha relação, minha convivência com meu cliente, enxergo nele muito mais. Não ter dó dele me faz ver muito do que fica escondido por ele não ter chance de mostrar.

Atendi ainda outro dia uma mocinha com acentuado comprometimento mental. Quando ela nasceu, disseram aos pais que seria um vegetal. Perguntei a ela se lá fora tinha sol ou chuva. Era um dia maravilhosamente ensolarado. Ela estava assentada no tatame próximo à janela. Achei que não entendeu minha pergunta e, antes que eu terminasse de repeti-la, ela se levantou com alguma dificuldade, se aproximou da janela e disse: "sol", sorrindo. A mãe não acreditou. Ninguém nunca tinha perguntado algo desse tipo a ela. Perguntei novamente perto da mãe. Novamente, ela se aproximou da janela e respondeu: "sol".

Essa mocinha sempre inspirou às pessoas piedade. André Comte-Sponville, em seu "Pequeno tratado das grandes virtudes", nos diz que *a piedade é uma tristeza que sentimos diante da tristeza do outro, o que não salva esta, que continua, nem justifica aquela, que se acrescenta a esta. A piedade apenas aumenta a quantidade de sofrimento no mundo e é isso que a condena (...). Em vez de lamentar as pessoas, por que não as socorrer, se possível? Não podemos ser generosos sem sentir piedade? Não somos obrigados a tomar sobre nós as penas dos outros; mas, se pudermos, aliviar os outros de suas penas.* Então, que tenhamos ação generosa em vez de piedosa.

Ação generosa e sem falsidades – sejamos honestos, não vamos "dourar a pílula", como dizem, é muito difícil encarar o preconceito, é doloroso andar nas ruas e ver o olhar atravessado das pessoas, estar numa festa e todos acharem que "aquele" é o diferente.

Cecília Meireles nos traz uma imagem muito interessante numa crônica em que nos fala sobre expressão poética japonesa por meio do haikai. Esses nos oferecem uma inesquecível imagem e nos fazem refletir sobre o sentido de seu conteúdo. O primeiro é de um discípulo de um grande poeta japonês:

Uma libélula rubra.
Tirai-lhe as asas:
uma pimenta.

Diante dessa imagem cruel, Bachô, o mestre, corrigiu o poema de seu discípulo, com uma simples modificação:

Uma pimenta.
Colocai-lhe asas:
uma libélula rubra.

Este é um pequeno exemplo de compaixão. E essa tem má reputação – ninguém gosta de ser objeto dela nem de senti-la. Mas ela difere, e muito, da piedade. Vejamos: "simpatia" em grego diz, etimologicamente, o mesmo que "compaixão" em latim. O olhar que lançamos para o que se apresenta, o sentido que damos ao que a vida nos coloca, isso sim é determinante, define o tamanho do que enfrentamos. Ainda citando Sponville: *compartilhar o sofrimento do outro não é aprová-lo nem compartilhar suas razões boas ou más, para sofrer; é recusar-se a considerar um sofrimento, qualquer que seja, como um fato indiferente, e um ser vivo, qualquer que seja, como coisa.*

A compaixão é definida como amor, isto é, antes de mais nada, como alegria. Que seja então positiva, construtora, que seja disponibilidade atenta, que seja paciência e escuta.

Acreditei na capacidade daquela mocinha de diferenciar o sol da chuva, e ela trouxe para dentro de minha sala todo o ensolarado dia que eu só conseguia ver lá fora. E isso me aqueceu.

Espero que tenha conseguido expressar o que tem sido o fio condutor para mim: a inclusão começa com a gente mesmo. Na medida em que aceitamos no nosso cotidiano nossas limitações, em que aprendemos a chorar com doçura, ou seja, em que temos compaixão pela nossa condição humana, a gente recebe o outro – deixa que ele faça parte, que seja compreendido.

EXERCÍCIO DO RESPEITO

Ao participar de uma mesa redonda em que debatíamos saúde, em um Seminário Internacional sobre Sociedade Inclusiva promovido pela PUC Minas, considerei a expressão "saúde inclusiva" um exagero, uma redundância.

O que tem a ver saúde com inclusão? O que vem a ser inclusão? Se procurarmos no dicionário o sentido da palavra, vamos ver que incluir é fazer parte, é estar compreendido. Sendo assim, vamos considerar esta história:

Os pais de uma menininha de 3 anos resolvem procurar uma escola para a filha frequentar. O critério para a escolha é de que seja próximo de onde moram e tenha bons profissionais, que eles ofereçam um trabalho coerente com a educação que dão à filha. No primeiro dia de aula levam a criança, muito satisfeitos, para a escola. Ao se aproximarem do portão, encontram pessoas em choque: a menina, com Síndrome de Down, vem chegando toda feliz! Ao mesmo tempo vêm chegando muitas outras crianças. Destaca-se, dentre todas, a de olhinhos espertos, puxadinhos. Todos olham para ela com um olhar chocado. Estão abobalhados com o atrevimento deste pai que matricula a menina numa escola regular, pasmos porque ele não disse que ela é sindrômica. Estão saudáveis essas pessoas que trabalham nessa escola? Trabalha-se com saúde só nos consultórios, nos hospitais, nas clínicas? A confusão está feita. A simplicidade com que estes pais encaram a síndrome que a filha acidentalmente carrega vai de encontro ao preconceito, à opinião antecipadamente formada de que ela traz limites intransponíveis. Interessante é que esses pais se sentem (e são) cobrados por não terem o olhar viciado, o olhar acostumado a não dar créditos às possibilidades da filha. O fato de cobrarem da escola atitudes coerentes à inclusão – ou seja, que a filha seja recebida como todos os outros – faz a direção dessa escola achar que são pais que não enxergam os limites da filha. Ora, são eles que dormem e acordam com a filha todos os dias e, afinal, qual de nós não tem limites? E o fato de o limite existir impede o crescimento, impede que possamos desenvolver nossas possibilidades?

O que há de humanidade no fato de serem estes pais e esta menina e não qualquer outra família a experimentar essas situações difíceis, constrangedoras, a se depararem muitas vezes com indiferença ou piedade?

Se encontro a pessoa e escolho recebê-la, acolhê-la antes e, além de tudo, se não faço seus problemas serem maiores do que ela, estou praticando uma troca: eu sou aquela pessoa que matricula sua filha na escola, sou o ser humano que vai feliz para seu primeiro dia de aula e deparo com o olhar assustado dos que me rejeitam. Sou essas pessoas pelo fato de ESCOLHER recebê-los como são, antes de tudo humanos – somos da mesma natureza. A escolha é que nos eleva à nossa condição humana. O que nos torna iguais é a acolhida, é a gente se ver no outro.

Parece que por apresentar dificuldades evidentes (motora, mental, qualquer que seja), a pessoa é menor, menos gente, não vai poder encarar e aproveitar a vida.

Vejo como um exercício e o chamo de exercício do respeito: aprender a receber a pessoa como ela é, independentemente de qualquer coisa, incondicionalmente. Incluir é isso. Incluir não é colocar gente doente com gente saudável. É colocar gente com gente. Isso é saúde.

Considero a inclusão um princípio por ser primordial. Não vejo como é possível discutir integração na sociedade se não recebemos de fato a pessoa. Integrá-la a qualquer ambiente, fazê-la moralmente aceita só é possível se estamos todos incluídos. Nesse sentido, a inclusão é anterior, é começo. Eu me aceito com minhas limitações e possibilidades e recebo o outro como ele é, com suas limitações e possibilidades. Na maioria das vezes somos cobrados de que ser cidadão é cumprir deveres, é suportar conviver com deficientes. Mas entendo que quando a gente se vê no dever de compreender, de se relacionar com os ditos deficientes, a gente perde o direito de partilhar, trocar experiências, de estar com eles.

Muito frequentemente, nós, profissionais, estamos à espera do cliente para uma primeira consulta e nos deparamos com um casal angustiado que traz o filho como um pacote nas mãos. Entregam-nos este pacote com um certo ar de alívio, de missão cumprida, pois estão fazendo sua parte: trazem para o tratamento, buscam o que dizem ser o mais adequado, e isso os redime. Reabilitados, entregam o pacote. Nós o desembrulhamos, puxamos das gavetas do conhecimento a que nos traz o tratamento a ser executado com o fulano que tem o problema X. Desenvolvemos técnicas para lidar com ele, para integrá-lo ao ambiente, queremos que se adapte à nossa condição e que se conforme com a dele. Também sentimos um certo ar de dever cumprido após um tempo e aí o devolvemos, mal embrulhado, para novamente ser remexido por algum colega. Isso é saúde? Não creio. Saúde é exercer o direito de viver e conviver em toda e qualquer condição; é conservação da vida, é disposição. Ter saúde é ser capaz de suportar as adversidades e ultrapassá-las.

É muito simples incluir. Complicado é desprezar, não acolher, esboçar um sentimento de piedade; complicado é integrar falsamente as pessoas com dificuldades como se fosse um favor estar com elas. A vida, para ser humana, implica inclusão. Então, volto ao início, em que dizia da redundância na saúde inclusiva, pois constato que inclusão é saúde.

OS TATUS SAEM DA TOCA

Dejanira é uma professora especial. A sensação que tenho é de que seu olhar busca, busca e quando encontra se acalma. Aí ela aproveita a calmaria e depois vai buscar mais. Seu andar tem passadas fortes, decididas, de quem já pisou chão de lugares distantes, endurecidos, mas não embrutecidos. Ela fala com as mãos. Quando quer contar algo de sua sala de aula suas mãos dançam um balé belíssimo. É como se fossem regidas pelo coração.

O contraste de seus traços marcantes com a delicadeza de seus gestos revela sua história: uma vida trabalhando em escola – rural ou de periferia. Apaixonada pelo seu ofício, seus olhos brilham quando trazem à tona lembranças dessa trajetória.

Uma delas me chamou especial atenção: Dejanira alfabetizava uma turma numa escola rural. As crianças tinham em torno de 9 anos. Era uma festa, todos envolvidos com o mundo novo que as letras traziam.

Um dia chegou a diretora dizendo, quase resmungando, que acabara de atender uma mãe insistente, determinada, que queria, a todo custo, matricular sua filha de 13 anos na escola e era para ser alfabetizada.

– Mas veja só, Dejanira, a menina é surda-muda! Essa mãe tem é que buscar recursos especializados, ir à cidade, procurar profissionais capacitados...

E Dejanira ouvindo.

– Nossa escola não oferece condições para receber essa menina. Além do mais ela irá desorganizar toda a escola com suas dificuldades. Já pensou?

Dejanira tentou intervir:

– E ela mora aqui perto? Quem sabe vale a pena deixar que ela frequente as aulas, conheça outras crianças...

– Mas como, ela nem conversa!

Dejanira saiu daquele encontro bastante pensativa. Ela achava que a desorganização que a menina traria para a escola seria extremamente benéfica. "Na desordem e no desequilíbrio é que se produz conhecimento". E, se a escola está tão organizada, mais um motivo para trazer essa menina para a sala de aula! No dia seguinte chegou à escola decidida a convencer a diretora. Esta já estava em altas, envolvida com a pressão da família da menina. Dejanira chegou com a solução: quero essa menina, como é o nome dela?

– Elisa, ela se chama Elisa.

– Quero Elisa em minha sala a partir de hoje!

A mãe saiu em disparada para trazer Elisa. A diretora ficou sem entender como se daria tudo e, mais que isso, sem acreditar que aquela criança surda-muda pudesse aprender "alguma coisa".

Elisa chegou na hora do sinal, parou próximo à porta da sala de aula, com um caderno e um pequeno estojo na mão. Parecia que já estavam guardados há muito tempo esperando por aquele momento. Ela estava aflita: não sabia como nem o quê fazer. De mãos dadas com a mãe, esperava um sinal, um movimento qualquer que alguém fizesse para tirá-la daquele lugar. O lugar dos que buscam e não encontram, dos que não acalmam o coração. De repente saiu lá do fundo da sala uma aluna. Veio caminhando em direção de Elisa e, quando se aproximou, disse para a mãe:

– Deixa ela aqui com a gente, pode ir para sua casa. Quando terminar a aula a professora dá um jeito de mandar ela pra casa.

Criança sabe ser verdadeira, talvez por não ter ainda se comprometido tanto com o mundo. Seu compromisso é com a espontaneidade. Da mesma maneira que sabe ser cruel por expressar a verdade, sabe ser doce e acolhedora.

Dejanira sentiu que estava mesmo no caminho certo.

No final do ano, quando foram fazer o conselho de classe, a diretora já tinha, por antecipação, decidido que Elisa repetiria o ano.

– Mas por quê? – perguntou Dejanira.

– Ora, é lógico que ela não aprendeu a ler.

– Quem falou que não?

Dejanira trouxe Elisa, pediu, falando pausadamente para que ela entendesse seus lábios, que ela lesse aquela história que estava diante dela e fizesse um desenho do que tinha entendido. A diretora, incrédula, ao lado, esperava a reação de Elisa. Calmamente ela leu, pegou o lápis e desenhou. Interessante é que era uma historinha de tatus que saíam da toca. A diretora não teve outra alternativa: aceitou que a aluna passasse de ano. Elisa saiu da toca.

Tem-se falado tanto em inclusão de pessoas com deficiência na sociedade, em inteligências múltiplas, em relações de ajuda. Essa história aconteceu dezesseis anos atrás. Há muito tempo o ser humano já sabe fazer. Dejanira já praticava a inclusão na sua pequena e simples sala de aula tanto tempo atrás.

É muito fácil resgatar em nós o humano. Difícil é permanecer na toca, é fazer tocaias, é fingir que não se está vendo, é se deixar embrutecer e emburrecer.

A DANÇA

É possível ser só mais um dentre todos, estar incluído no movimento da vida, assim, simplesmente por fazer parte dela, por ter vida? Vejamos esta história.

Era uma festa de casamento. As pessoas que a organizaram pensaram em tudo, nos mínimos detalhes. Estava deslumbrante. O ambiente, finamente decorado, exalava a alegria dos noivos. Eram tantas pessoas que passava despercebida a presença daquela mocinha com Síndrome de Down.

É interessante notar isso, porque geralmente acontece o contrário: todos ficam observando discretamente seu jeito de andar, seu jeito de falar, seus olhos, cabelos, tudo, tudinho. Até parece que não é uma característica do ser humano a diferença – mesmo quando nascem filhos gêmeos, univitelinos, a mãe não se confunde, sabe qual é cada um.

A maioria das pessoas pensa que os que têm Síndrome de Down são iguais fisicamente, mas é bom ressaltar que cada um é um. Parecem com os pais como toda criança, não são doces e afáveis porque nascem assim, têm características peculiares, personalidade própria de cada um, e não própria da Síndrome.

Voltando à mocinha, também ela estava encantada com a beleza da decoração. Estava alegre e ansiosa para o momento em que iam começar a dança. Ela gosta de dançar. Já tinha visto o lugar destinado à música, com espaço parecido com o que é reservado para suas aulas de balé. Ia duas vezes por semana, e esses dias eram esperados com ansiedade. Tinha suas sapatilhas separadas em uma mochila que ela mantinha atrás da porta de seu quarto, fácil de ver e pegar, para sair correndo quando a mãe chamava: "Estamos atrasadas! Corre que sua aula de balé já deve estar começando!".

A festa estava animada. As pessoas pareciam muito felizes com a união dos noivos. Eles fizeram questão de convidar todos os amigos, inclusive os colegas de trabalho de cada um. Apesar de um pouco deslocados diante do requinte do ambiente, esses colegas também se divertiam. Não se misturavam aos demais, como se fizessem parte de um outro mundo. Mesmo assim aproveitavam: dançavam como se estivessem num gueto, onde não era permitido ninguém entrar ou sair. As mesas que ocupavam estavam num lugar próximo à pista, mas distante o suficiente para não se misturarem.

Havia um convidado alegre, brincalhão, que dançava solto, tentando acompanhar o compasso da música. Já tinha passado por esse grupo isolado e tentado trazê-los para junto dos outros e não conseguira. A música continuava num ritmo gostoso, e de repente ele se viu sem a mulher com quem dançava. Ele queria continuar dançando. Olhou em volta e viu a moça bailando sozinha do outro lado do salão. Ela dançava alegre e solta como ele, que foi se aproximando:

– E aí, vamos fazer uns passos juntos?

Ela respondeu já buscando acompanhar o ritmo que ele propunha. Ficaram uns instantes assim: dançando o mesmo passo, felizes, soltos. Estavam se divertindo. Discretamente surgiu, não se sabe de onde, um primo, ou irmão, ou tio que pegou na mão da mocinha e foi levando-a embora e junto com ela a dança, o passo, o ritmo. Ele ficou desolado, se sentiu traído. Tinha gostado tanto daquela oportunidade de estar junto com uma pessoa estigmatizada, que sofria as consequências de preconceitos de toda ordem, e agora estava sozinho, no meio do salão, sem saber o que fazer com as pernas que já não acompanhavam o ritmo. Pensou em ir até a mesa das pessoas que acompanhavam a mocinha e dizer a eles que ele só queria dançar com ela. Era simples assim. Quando olhou para a mesa ela estava assentada, calada, olhando para a pista. Seus olhos dançavam acompanhando o ritmo, mas suas mãos seguravam seu rosto. Os pais, do seu lado, eram seus protetores, e os parentes em volta pareciam formar um cordão de isolamento. Conversavam animadamente, distraídos, mas de prontidão para qualquer risco. O que seria arriscado? Deixá-la dançar, se envolver com pessoas desconhecidas? Ou deixá-la ali, sentada, quietinha, cumprindo o combinado de obedecer sem questionar?

Onde está a autonomia desta moça? Para que serve seu balé duas vezes por semana? Para ocupar seu tempo? Para não deixá-la fazer feio nas apresentações fechadas da escola?

Esse episódio me fez refletir sobre esta busca incessante dos que estão diretamente envolvidos com pessoas com deficiência: a busca da aceitação, de que sejam recebidas com respeito, como de resto todos, incondicionalmente, merecem ser. Buscam e quando se deparam com o real, que dessa vez corresponde ao desejo, se afastam.

Quando alguém, como esse convidado, humilde e respeitosamente se aproxima na tentativa de desfazer o conceito antecipado de que aquela mocinha só cabe entre os dela, a família amedrontada, sofrida com a história das rejeições, sai de cena, se exclui.

Aquela família presente no casamento não permitiu que o outro, que eles julgaram nada saber sobre a Síndrome de Down, e por isso indigno de estar com a moça, tivesse a curiosidade ingênua, quisesse aprender exatamente com ela, ou então simplesmente quisesse dançar, aprender e ensinar passos. Estão sem saber até hoje e provavelmente não saberão o que, de fato, ele queria ao escolher dançar com aquela mocinha. Você sabe?

SOMOS TODOS HUMANOS

É indiscutível a afirmação de que as pessoas com deficiência se beneficiam com a oportunidade de participarem do mercado de trabalho. As empresas muitas vezes até se beneficiam disso para se projetarem na mídia como politicamente corretas. Raras vezes encontramos pessoas que assumem postura contrária à inclusão das pessoas com deficiência nas empresas, embora acreditem que não há espaço num mercado competitivo para a pessoa que não dá o lucro desejado. Esquecem que desde sempre a humanidade, ao privilegiar o humano no ser, faz impagável o gesto.

Ao considerarmos as vantagens de se empregar a pessoa com deficiências, nosso raciocínio é sempre voltado para o deficiente: coitado, ele não possui eficiência suficiente para ter proveito, para oferecer ganho líquido.

Sendo assim, qual o sentido de promover a convivência com essas pessoas? À primeira vista, os empresários que empregam pessoas com deficiências podem se considerar (e ser considerados) muito benevolentes. Porém, ao ampliarmos e aprofundarmos nosso olhar, nos deparamos com um lucro não contábil: gente promovendo gente – somos todos humanos. O princípio, do qual não devemos abrir mão, é de que ao reconhecermos nossas limitações, próprias do ser humano, engrandecemos o valor da diferença. Este o lucro: encontrar nas diferenças as vantagens, o proveito. Aí nos igualamos: o empresário, o empregado, o trabalhador, o que recebe, o que oferece, o que lucra – somos mesmo TODOS humanos.

Culturalmente, tem sido uma prática considerar que a pessoa com deficiência é um ser "especial" e por isso não possui direitos: não pode reivindicar, não realiza e não tem um lugar produtivo na sociedade. É necessário que façamos a inversão dessa prática ao reconhecermos que antes das dificuldades que qualquer um apresente há o cidadão.

Historicamente as pessoas com deficiência eram tidas como excepcionais, pessoas que causavam repulsa, constrangimentos, quando vistas na rua. Eram escondidas em suas casas, não frequentavam escolas para que as pessoas não se deparassem com a fragilidade própria da espécie. Com o passar dos anos, os ditos especiais foram recebidos e reconhecidos na sociedade através das APAEs, LBAs e tantas outras instituições que, no seu devido tempo, já cumpriram seu papel de integrarem estas pessoas à sociedade. Na integração, é muito tímida a ação de reconhecimento, de acolhida: as pessoas com deficiência não podem executar trabalhos que não sejam baseados em treino, em automação. A integração comporta escolas especiais que dizem ser preparadoras para a escola regular, para o ambiente de todos. Estão enganados os que dizem ser necessário que as dificuldades sejam preparadas na escola especial. A escola deve ser um ambiente rico de desequilíbrios e diferenças para dar condições a qualquer pessoa de se engajar no mercado de trabalho.

Já estamos num tempo em que cabe a todos o nobre desafio da INCLUSÃO. Em que todos ganham, todos tro-

cam, todos reconhecem humildemente suas deficiências. Quem não as tem? Hoje, a atitude de um empresário que contrata um cidadão com deficiência possibilita o deslocamento desse "ser especial" para seu real lugar de direito – o de cidadão do mundo. O custo é infinitamente baixo diante dos benefícios. Essa imagem ganha uma terceira dimensão quando agrega a perspectiva de o homem se humanizar. Só exercitando a compaixão, o apaixonar-se pela condição humana, é que temos a chance de suavizar os caminhos, usufruir toda e qualquer convivência, incondicionalmente.

O MUNDO A SEUS PÉS

Natália tem os olhinhos dos mais expressivos que conheço. Eles conseguem trazer o que se passa por dentro. Parece que seus olhos, quando se fecham no piscar, se abrem para sua alma, filmam a agudeza de seu espírito, fotografam seus desejos mais profundos e, de dentro para fora, fazem a transformação e trazem sua energia iluminada que vem do fundo. O resultado é que a vibração de seu olhar e sua vontade, que não se deixa abalar por nenhum atropelo, sempre me fazem lembrar sua determinação. Essa vem desde o tempo que ela estava na barriga da mãe, já que muitos achavam que não sobreviveria a tantas adversidades.

Quando a vi pela primeira vez, era um bebê, e seu olhar já buscava conforto e delicadezas que alimentavam sua alma. A mãe em nosso primeiro encontro me perguntou, angustiada e amedrontada: “minha filha vai andar?”. Fazia sentido sua pergunta, já que todos os profissionais da saúde com os quais ela conversara foram categóricos em afirmar que a lesão medular de Natália, provocada pelos transtornos intrauterinos, era devastadora e trouxera sérias complicações para a pequenina menina. De pronto respondi: “Posso afirmar muito pouco; o que tenho é minha convicção no empenho em oferecer oportunidades ao desenvolvimento motor de Natália”.

Entendo que certezas, ninguém as tem. Também eu não sabia se, no dia seguinte, minha filha, de 3 anos, estaria andando. Quando saiu de meu consultório de fisioterapia, essa mãe me disse: "Você me falou o que eu mais precisava ouvir; amanhã voltamos para continuarmos o trabalho".

Elas moram no interior de Minas Gerais. Vêm com frequência mensal ao consultório, ficam uma semana comigo, trabalhamos, oriento a mãe e voltam para casa. Sistematicamente, a mãe faz com a filha alongamentos, trabalha distribuição de peso, estímulos sensório-espaciais, fortalecimento da musculatura. Com um aparelho para ficar de pé, em cima de um estabilizador, Natália, do alto de seus quase 5 aninhos, brinca de ajudar a mãe a lavar a roupa e a fazer almoço.

É curiosa essa história de Natália ficar de pé. Veja só: toda criança geralmente leva, no máximo, dezoito meses para ter o mundo a seus pés. Isso significa que, em apenas poucos meses (que são dezoito meses diante de uma vida inteira?), a criança deixa de ser um bebê indefeso e passa a circular pela casa com uma certa autonomia e até independência. Uma pessoa como Natália tem este percurso completamente alterado. Quando foi possível, do ponto de vista fisioterápico, ajudá-la a ficar de pé, tinham se passado uns dois anos e meio e, ainda assim, encontramos muitos impedimentos de *ordem humana*. Os avós ficaram penalizados, consideraram um exagero querer colocar de pé uma menina tão indefesa e sofrida; os amigos da família morreram de pena – coitada, se ela nunca vai andar, ficar de pé pra quê? Ao mesmo tempo, os profissionais do hospital ortopédico que a acompanham sugeriram com toda a clareza e convicção que ela usasse um gesso (malfeito), que não posicionava seus pezinhos adequadamente, para que ela ficasse de pé com ele e melhorasse sua condição circulatória e intestinal. Além disso, quiseram convencer a mãe a adquirir uma cadeira de rodas (ela não vai mesmo andar...).

EI, ONDE ESTÁ A MENINA QUE SONHA TER O MUNDO A SEUS PÉS?

Contra uma série de preceitos estabelecidos e de preconceitos circulantes pelo mundo afora, conseguimos confeccionar um aparelho para Natália ficar de pé. Ela se sente realizada. Quer porque quer usar as bengalinhas que a esperam no consultório para desenvolver uma marcha de dois pontos. Dois pontos determinam uma reta. No caso de Natália, essa reta acontece de maneira rara – ela precisa colocar as bengalas à frente (primeiro ponto) para em seguida lançar seu tronco que leva suas pernas até as bengalas (ufa! segundo ponto). Andar é uma ação que exige um enorme refinamento neuromuscular e motor. Natália tem seus membros inferiores bastante comprometidos, suas sensações estão completamente alteradas. Ela faz muito esforço para ficar de pé. Precisa segurar fortemente nas bengalas ou, se estou diante dela, me empurra com toda sua força na tentativa de manter seu tronco sustentado por suas pernas envolvidas no aparelho.

Tornou-se uma questão de honra ter o mundo a seus pés. Luta com afinco para alcançar seu objetivo. No meio desse caminho, sofreu uma fratura na coxa esquerda devido a sua sensibilidade alterada e ao fato de não sentir dores nas pernas (torceu o corpo dormindo!). Também teve várias infecções urinárias, viroses, convulsões etc. Tudo isso, com muita perseverança e cuidado, tem sido vencido dignamente.

Este ano ela começou a frequentar a escola. Os pais, muito empenhados, organizaram todo seu material, pensaram nos detalhes de como mantê-la na escola convivendo com crianças que, com a curiosidade que lhes é peculiar, fazem perguntas de toda ordem: "Por que suas pernas são assim fininhas? Por que você vem nesta cadeira para a escola?". Os pais pensaram também se a escola aceitaria de fato a filha deles: será que estão preparados para recebê-la? Será que perceberão sua capacidade intelectual e sua sensibilidade que se escondem na fragilidade? A professora vai enxergá-la ou só ver sua dificuldade física? Vão transformá-la no problema da escola?

AFINAL QUE ESPAÇO É ESTE QUE SE CHAMA ESCOLA?

HUMANOS

Em que escola coloco meu filho? Qual critério devo considerar? O que priorizo na busca do ambiente onde ele permanece parte do dia? A grande maioria dos pais se faz estas perguntas de maneira angustiada e muitas vezes considera que não sabe fazer a escolha adequada. Que podemos dizer então dos pais que têm filhos com alguma dificuldade mais evidente, seja motora, sensorial, mental, emocional?

Ainda outro dia fui à escola de um menino de 9 anos que acompanho e que tem séria dificuldade de se relacionar e de se manter concentrado. Lá estive com o propósito de trocar ideias sobre seu desenvolvimento e, mais que isso, conversar sobre as oportunidades que estão oferecendo para seu raciocínio e para o desenvolvimento de suas habilidades. Sua professora me recebeu meio sem graça dizendo que a direção achou que eu deveria somente observar a criança. Como? Eu o atendo três vezes por semana e precisava também saber delas, de como o recebiam, de como o incluíam entre os outros. Será que viam todos os alunos como um grupo homogêneo e tinham meu cliente como um desgarrado do bando ou sabiam que somos todos diferentes? A prática estava correspondendo ao que foi dito aos pais no primeiro contato (seu filho será avaliado e acompanhado da mesma forma que todas as pessoas que frequentam a escola)? As crianças, colegas, estavam tendo oportunidade de trabalhar suas próprias dificuldades junto ao menino tão desconcertado e desconcentrado?

Era uma aula de introdução à informática. Os colegas de Bruno estavam assentados numa rodinha, com a professora tentando lhes explicar para que serve o computador. Bruno, com a mão na boca, olhava para os objetos que a professora colocara dentro de uma caixa grande de papelão. Via seus colegas tirarem cada hora um, em meio à voz da professora de informática, que não parava de falar. Ela não dava tempo aos meninos de demonstrarem seus anseios nem mesmo ouvia o que eles tanto diziam. De repente, Bruno tirou um recorte de papelão que imitava uma janela (na minha ignorância, pensei que aquilo devia fazer menção a Windows – será?). Ele ficou olhando, mexendo, abrindo e fechando as possíveis partes da possível janela, e eu, aflita, admirava seus gestos, querendo conversar com ele, enquanto ouvia a voz da que falava dos programas de computador e enquanto tentava prestar atenção na fala da professora de Bruno. Esta me dizia como alfabetizá-lo. O colega a seu lado, ingênua e cruelmente falou: "Ê, por que o Bruno tá aqui na frente? Ele não aprende nada!".

Puxa! Que oportunidade para parar tudo e falar disto: o que é aprender? Por que você acha que aprende mais que ele? Você observou que foi o próprio Bruno quem quis assentar lá na frente? Alguém olhou para seus olhos ou perguntou-lhe algo?

Tive a impressão de que tudo isso se passou sem que alguém presente àquela sala, exceto eu, tivesse percebido algo. Diante de meu constrangimento, a professora me levou para outra sala onde ouvi um adulto dizendo a uma criança que era muito feio o que ela estava fazendo. Imediatamente me virei e deparei com uma menininha de "Maria-chiquinha", cabelos pretinhos, olhar atento e com a boca toda suja de lápis de cera vermelho. De fato, não é bom comer lápis. Mas é feio? O que é bonito? Essa menina, com a boca toda vermelha, nunca vai corresponder ao padrão da escola?

Se o critério for do que é bonito ou feio fazer, Bruno e certos alunos vão ter que lutar muito para se fazerem entender e valer.

Natália (lá no interior de Minas Gerais), Bruno, a menininha de cabelos presos (só os cabelos?) e tantos outros precisam da escola como qualquer um de nós. Como ter acesso a ela? Como a escola os recebe? E nós? Como ficamos diante dessas crianças e seus pais? Eles também não esperavam receber um filho que não corresponde ao padrão social. Mais que isso, a expectativa desses pais foi duramente frustrada quando depararam pela primeira vez com o filho lesado, com o que não anda, não fala, não enxerga, não ouve e um tanto de outros *nãos*. Estes pais dizem *sim* a esses filhos todos os dias. Buscam alternativas, ensinam como respeitar e ser respeitado, têm atitudes positivas e muitas vezes se desesperam com este mundo pouco generoso em que vivemos. No dia seguinte exercem novamente o direito de dizer *sim* para seus filhos. E nós, o que fazemos diante destes pais e destas crianças? Vamos continuar dizendo *não*?

Aqui não estamos tratando do "não" que corresponde ao limite tão necessário para que a pessoa se estabeleça como sujeito. Tratamos do "não" que tem o poder de fechar portas, negar oportunidades.

É certo que escola ideal não existe. Todas deixam a desejar em algum ponto. Resta saber do que cada um de nós pode abrir mão e reafirmar os princípios que permeiam nossas atitudes. Entendo que é um bom começo considerar indispensável o princípio de que somos todos humanos. Não somos?

REPETIR NÃO É TREINAR

Todas as pessoas são especiais. Criança aprende com criança, na escola. Essas e tantas outras frases ecoam na minha cabeça com grande frequência. Eu as escuto de todo jeito e vindas de muitos e distintos lugares. Tenho percebido que vivenciar a prática dessas e tantas outras falas é no que consiste o desafio.

Natália foi recebida com toda pompa na escola do interior de Minas Gerais. A direção disse a sua mãe que poderia ficar tranquila, pois a menina ficaria muito bem lá. Demonstraram, teoricamente, acreditar na sua capacidade de aprendizagem. Porém, percebe-se, nas entrelinhas do relatório da escola entregue a mim e na afirmação de que "ela é muito lenta para aprender", um certo descrédito, até mesmo um menosprezo.

Na segunda semana de agosto, Natália sofreu uma queda de uma cadeira, batendo com força seu corpo no chão. Imediatamente, seus pais a socorreram, entreolharam-se apavorados, nesse átimo temendo as crises convulsivas, lesões consequentes da queda – e todas as sombras que os rodeiam escureceram o tempo. Depois veio um pouco de calmaria ao ouvir a vozinha de Natália querendo garantir que nada aconteceu, exceto o susto. Dias depois, vieram a uma consulta de rotina em Belo Horizonte e, quando chegaram, a perna esquerda plégica, que já tinha sido fraturada tempos atrás, se viu no direito de mostrar o estrago: inchou. O edema pedia o socorro para o fêmur fraturado. Já está Natália novamente engessada e de volta a sua cidade.

Eu tinha acabado de ler o relatório da escola e queria trocar ideias com a direção, especialmente com sua professora. Queria conversar sobre a diferença entre repetir e treinar. Natália, com suas limitações, é um ser humano adorável. Quando permito que ela me mostre suas descobertas, quando a escuto, quando lhe ofereço oportunidades de problematizar, vivenciar experimentos e conceitos, ela invariavelmente me responde com vivacidade, com lucidez e esperteza. Não me interessa o ritmo, se é lenta, se não corresponde a minha expectativa. Interessa-me seu olhar brilhando com as possibilidades que a vida lhe apresenta. Interessa-me, sobretudo, acompanhar seu desenvolvimento para manter-se erguida.

A diretora da escola sugeriu à mãe que suspendesse a ida de Natália para a escola. "Ah, ela com gesso fica complicado, não é? E depois ela precisa de repouso. É melhor levar seu material de volta e deixar que ela volte só ano que vem".

Puxa! Ela adora ir para a escola, encontrar as colegas, aprender. Vai ter que ficar em casa presa ao gesso e a sua limitação? Ainda assim, quem está mais amarrado: NATÁLIA OU OS QUE NÃO A DEIXAM SE SOLTAR? É grande e generoso o exercício diário de receber uma pessoa antes das decorrências que a vida lhe impõe.

Considero muito importante ver, enxergar que Bruno, quando está entre seus colegas na aula de introdução à informática, fica absorvido pelo que tem dentro da caixa de papelão em que todos mexem; quando é a vez de ficar perto da máquina, põe sua cadeira lá na frente, dando sinal de que quer aprender algo ali.

Parar para ouvir o colega que diz "ele não aprende" certamente é muito importante. Mas também é muito importante conversar com essa turma sobre o aprender, sobre a janela de papelão que está na mão de Bruno, trocar ideias sobre como não afastar a cadeira de Bruno. Quando deixamos vir à tona os anseios, os medos que os colegas carregam e até mesmo os próprios medos, quando praticamos a proximidade e o companheirismo podemos acalmar o coração da turma e da gente também. Repetir não é treinar. Treino é animalesco, é pouco, muito pouco. A imagem que trago comigo do repetir é a de espiral, em que percebo que, mesmo praticando a ação diversas e infinitas vezes, isso não se dá no mesmo lugar. Numa espiral os planos mudam, vão num crescendo. Cada vez que acontece uma ação, ainda que seja a mesma, ela repercute diferentemente, ecoa por dentro com outros sons, tem alcances inesperados. Então, cada vez que Bruno repete suas falas que parecem desconexas, cada vez que repete os números dando a impressão de que não os liga à quantidade, tenho a chance de trazer para ele oportunidades de compreensão, de oferecer-lhe o desafio de aceitar que cada um é um, porém incondicionalmente juntos.

PARA GABRIELA

Karen Blixen, escritora dinamarquesa sob o pseudônimo de Isak Dinesen (1885-1962), disse sobre a dor: "Todas as dores podem ser suportadas se você as puser numa história ou contar uma história sobre elas".

Gabi,

Já tem um tempo que quero te escrever. Na verdade tenho pensado em registrar algumas de nossas conversas e situações que vivemos juntas para você ler quando crescer e se lembrar deste tempo de agora. São tantos detalhes, Gabi, que me perco e fico confusa sem saber por onde começar. Quem sabe do começo, não é?

Há poucos dias conversamos sobre isso. Foi assim: um dia, sua mãe, cuidadosa, me disse que estava preocupada, pois sentia que você estava triste, mais caladinha, parecia sentida com algo, e ela achava que podia ser alguma dificuldade que você estava enfrentando na escola. Aí, quando ficamos só nós duas, eu quis te contar um pouco da sua história, você se lembra? Foi um momento inesquecível para mim. Nós duas, assentadas no chão do consultório, próximas do tatame (eu tentando o tempo todo corrigir a posição de suas perninhas, e você dando gargalhadas da minha insistência!), estávamos falando de alguma coisa que me fez lembrar quando a conheci. Então eu te contei do tanto que você foi desejada, de como seus pais escolheram ter você.

Eles se casaram e depois de um tempo desejaram que você chegasse. Sua mãe ficou com uma barrigona grandona (ela me contou), e seu pai tinha um grande orgulho quando pensava que você já vinha chegando. Quando você estava começando a existir na barriga da sua mãe aconteceu algo inesperado, um acidente genético, como costumam dizer. Então, num dos lugares que era pra ter dois cromossomos tinha três. As pessoas chamam isso de Trissomia do 21 ou Síndrome de Down. Nessa hora eu desenhei na sua mãozinha três risquinhos e pareceu que você entendia, pois prestava muita atenção. Rimos juntas destas palavras engraçadas, diferentes – trissomia, síndrome... Eu te falei das consequências disso: seus olhos puxadinhos, sua língua que insiste em ficar fora da boca muitas vezes, sua necessidade de estar comigo fazendo fisioterapia para você ter qualidade em seus movimentos (me invade uma alegria enorme quando vejo você lanchando no consultório: assentada de pernas cruzadas – tão elegante e só com seis aninhos!).

Bom, não foi um momento muito fácil esse de ouvir e de falar da Trissomia do 21 ou Síndrome de Down. No primeiro instante, você quis fingir que não ouviu ou não se interessou; depois, diante da minha tranquilidade e firmeza, você viu que não tinha como escapar – era isso. Mas aí você também viu que era só isso e mais nada. A Gabriela continuava a ser a mesma menina de cabelo ruivo, sorriso cativante, brincalhona, divertida e inteligente. Saber dessa verdade assustou, mas não diminuiu sua pessoa, nem fez você desistir de ser quem é; pelo contrário, a sensação que ficou é de que você ocupou seu espaço com um sentimento de quem se sabe.

Desde esse dia a gente percebe que ficou mais tranquilo pra você na escola (suas professoras Daniela e Cristina e a Flávia, que é a coordenadora pedagógica e que está sempre afetivamente atenta ao seu desenvolvimento, contam que você está muito bem lá e gostam de ver como você se lança nas descobertas do aprendizado). Sua mãe me contou que no dia que conversamos você foi pra casa diferente, serena e muito com você mesma.

Hoje eu considero que o fato de você se sentir situada está de certo modo ajudando no processo de formação da sua pessoa, da sua identidade. Sabe como é isso? Estou falando de você saber que seus olhinhos, suas mãos, seu jeito de falar, de andar têm origem na tal trissomia, mas vão muito além disso, porque você *é* além disso, você existe, e que bom que existe!

Nessa semana que passou, você enfrentou um novo desafio: mais uma vez você nos coloca em situações em que precisamos nos situar, refletir e de alguma maneira agir. Costumo brincar: o mundo não poupa ninguém; e agora estou sentindo que pegaram pesado com você.

Sua mãe percebeu um dentinho seu nascendo por trás de outro que não estava nem molinho para cair. O mais certo seria levá-la a um dentista para ele avaliar o que fazer. E assim foi feito. Sua mãe procurou o dentista indicado pela pediatra e seu pai deixou o trabalho para acompanhar você. O dentista avaliou, pediu uma radiografia, falou da necessidade de extrair seus dentinhos, porque senão os que virão nascerão tortos e convenceu seu pai de resolver tudo de uma vez. Seu pai depositou no profissional a confiança para que fizesse o melhor, acreditou que ele cuidaria de você como de fato se deve cuidar de uma pessoa, de um ser humano. Não estou questionando a necessidade da extração de seus dentes, mas esse dentista agiu e me deixou apatetada. Ele tirou sete (7!!!) dentes de sua boca. De uma vez. Numa única tarde de quinta-feira. Ele conseguiu colocar na sua boca o que você tem tirado todos os dias, em todos os momentos da sua vida.

Você arranca o estigma que te impõem, e ele vem e coloca uma tarja na sua boca onde se vê: "Prestem atenção, esta é uma menina especial, excepcional, deficiente". De quem mais ele tiraria sete dentes de uma única vez? Quem é esse profissional que se considera e é considerado competente e faz uma covardia dessas? Ainda dizem que você é forte e vai saber enfrentar tudo isso. Mas você tem só 6 aninhos. Não é gente para suportar, é gente para viver brincando, se divertindo, aproveitando a vida como qualquer criança. Se fosse um dos seus irmãos que tivesse ido a esse profissional, creio que ele não teria nem levantado a hipótese de extrair todos esses dentes dessa maneira. Mas esse profissional é formado e tem respaldo na nossa sociedade.

Sociedade, Gabi, é um monte de pessoas que vivem juntas e estabelecem normas para viverem bem. Isso é viver bem? Não acredito. Esse homem faz parte desta sociedade e vai ter que refazer seu conceito de gente, de respeito ao humano. Você agora ensina a ele o que é ser humano, porque você e sua família se negam a voltar lá, a deixar que ele veja sua boca onde ele abriu sete buracos. É claro, os dentes vão crescer e virão fortes e saudáveis. Sei disso. Mas não apagarão de sua memória essa tarde de quinta-feira. Não apagarão de sua memória o sofrimento de seu pai ao sair daquele consultório. Seu pai se sentiu traído. Na confiança que depositou nesse profissional tão bem-indicado. Na falta de respeito dessa pessoa que nem pestanejou diante de você: deu a anestesia sem perceber quem é que estava se submetendo ao tratamento. Seus pais estão sofrendo com esse tombo, essa rasteira que a vida deu em vocês.

Mas eles fazem um movimento de aceitação ativa, felizes de educarem os filhos. Lutam com afinco para darem a vocês o que consideram importante, essencial na educação: uma formação que inclui primordialmente o respeito. Por si mesmo e pelo outro. Estão sofrendo porque sentem que falharam com você. Exigem que você respeite o outro e viram o tamanho do desrespeito desse profissional com você. Mas não ficou por isso mesmo. Já procuraram outra pessoa que te recebeu, te acolheu cuidadosamente e, diante de sete dentes extraídos de uma vez, ele falou: "Que atrocidade, dente é tão importante, fizeram um buraco na boca desta criança". Ele te viu inteira, pessoa, menina. E seus pais saíram de lá mais fortes; sofridos, mas também inteiros. Fizeram um movimento a seu favor, e isso trouxe um certo alívio.

Não sei se quando você ler esta história você ainda se lembrará das sessões que trabalhamos na rua. De nossos encontros nas praças, shopping, biblioteca...

Foi muito marcante para mim o dia em que nos encontramos na Savassi para irmos a uma livraria infantil, explorar e brincar com os livros, e depois fomos fazer um lanche, lembra? Quando chegamos na *Papo de Anjo* você foi logo dizendo que não queria suco, que ia tomar o *toddynho* que sua mãe pôs na bolsa. Ai, que aperto!

Eu pensei: "Claro que a mãe não colocou *toddynho* na bolsa sábado de manhã e aqui não vende isso, como vou fazer?". Insisti pra você tomar o mesmo suco que eu e você bateu o pé, não e não. Tinha um casal na mesinha ao lado que nos observava e fingia não observar (é engraçado isto: as pessoas olham para você e querem que a gente não perceba que olharam; o olhar foi lançado e você o devolve com a firmeza de uma menina desafiada e guerreira). Qual não foi minha surpresa quando abrimos a mochilinha e lá estava o *toddynho!* Sua mãe mais uma vez se fez presente de um jeito legal. E aí, o que comer? Você olhou para o lugar onde estavam os salgados, estudou cuidadosamente todos e disse: "Lúcia, quero este", apontando com a mão. Era um enrolado de salsicha, e eu escolhi meu suco e um enrolado de queijo.

Quando chegaram nossos salgados, logo vi que podíamos ter uma conversa matematicamente proveitosa. "Gabi, você está vendo estes salgados no nosso pratinho?". Você olhou para os salgados e fez que sim com a cabeça. "Então me diga, qual é maior que o outro?". Você novamente olhou e apontou para o seu, evidentemente o maior. Fiquei feliz com sua resposta, brincamos, rimos juntas, e o casal ao lado só olhando desconfiado para nós. Aí eu quis provocá-los, mesmo estando com medo de não ser bem-sucedida. Eu estava assentada, recostada na parede, e você estava em pé, próxima à mesinha, com o *toddynho* na mão. Eu te perguntei: "Gabi, agora me fala, quem é maior: você ou eu?". Você olhou para mim, pensou, olhou em volta com a carinha de quem está matutando como agir. Em seguida você subiu no banco onde eu estava assentada e, lógico, ficou mais alta que eu. Aí você me respondeu: "Eu sou maior que você!". Que delícia foi esse momento!

O casal imediatamente falou: "Puxa, como ela é esperta!". Deram uma gargalhada, numa mistura de surpresa e alegria. Mas como? Uma menina tão pequena (você tinha cinco anos), com Síndrome de Down e inteligente? Eles não entendiam. Você ficou radiante, e eu, mais ainda. Novamente eu reafirmava que estava certa: acreditar na pessoa antes de toda e qualquer suposição ou diagnóstico, saber ouvir, escutar o que o outro coloca e, sobretudo receber a pessoa, seus sentimentos e percepções. Pronto! Mais uma vez eu tinha a prova – você de novo mostrou para mim sua capacidade, sua inteligência. Esse foi daqueles sábados em que digo: ganhei meu dia! Tantos assim você já me deu...

É isso. Queria te contar um pouco do que aprendemos uma com a outra nos nossos encontros. Queria registrar esse episódio do dentista para que a gente não se esqueça de lembrar. Lembrar que nossas limitações não impedem o respeito. Aprender com respeito é aprender para sempre. Permanece.

Te abraço com carinho,

Lúcia

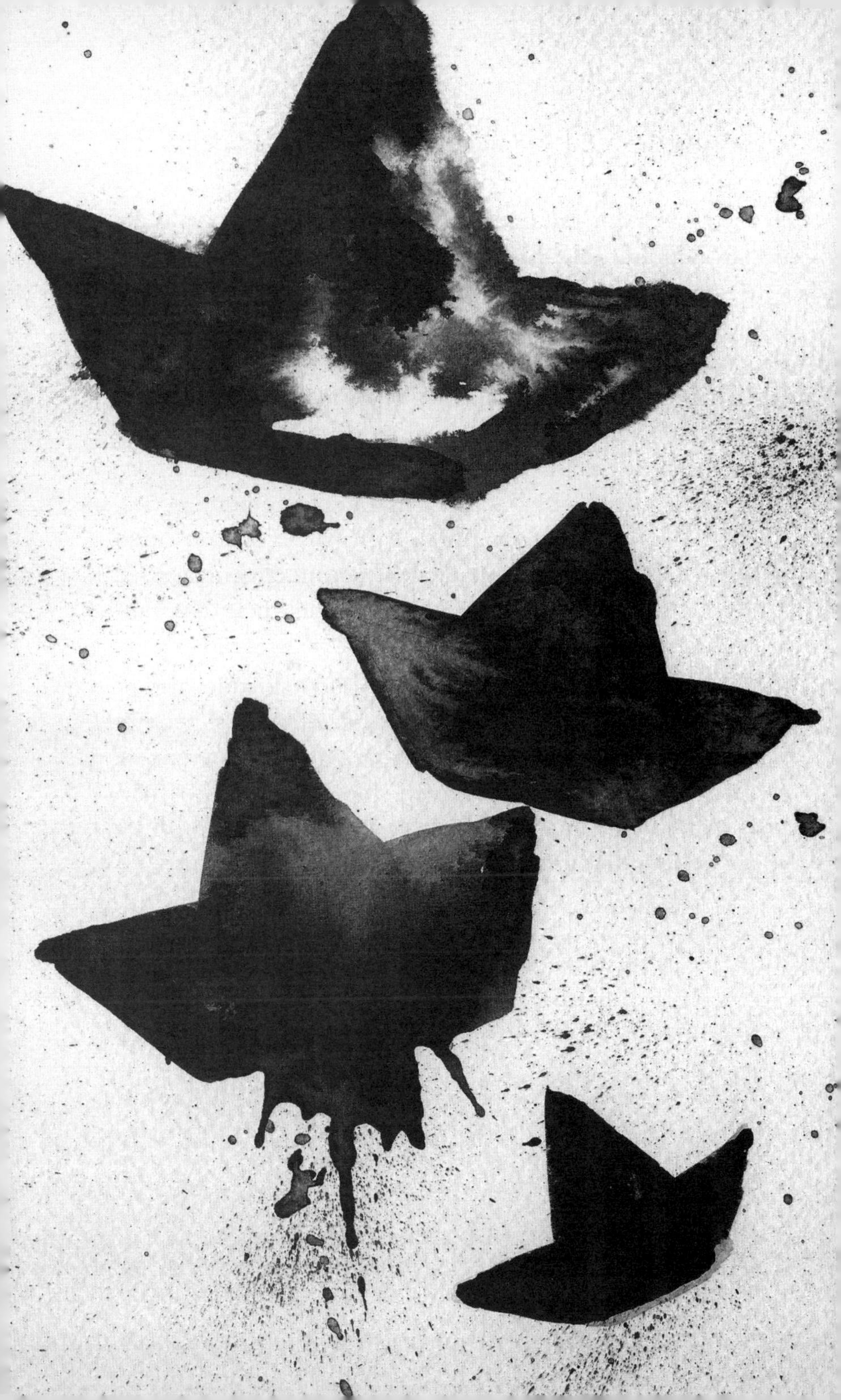

COMO VIVER?

Dia desses a mãe de uma menininha que acompanho me contou uma passagem que viveram e com a qual fiquei particularmente feliz.

Carolina tem só 3 anos e por enquanto é a única filha do casal. Era um final de domingo e estavam chegando em casa cansados da mexida de um dia inteiro fora. Quando a porta do elevador abriu, já no hall do apartamento, saíram os três de uma só vez, tamanha a aflição para chegarem. O pai precisava ir ao banheiro, a mãe entrou distraída pensando em lavar a chupeta que tinha caído no chão da garagem, Carol vinha acompanhando os dois. A mãe, no automático, entrou e, sendo a última a passar, trancou a porta da sala enquanto falava com Carolina. Depois de lavar o bico foi em direção ao quarto procurando a filha. Carolina ainda não fala palavras articuladas, ela conversa com o olhar, com sons que têm significados específicos, fala com seu sorriso e sabe muito bem mostrar quando está insatisfeita e quando quer muito determinada coisa. A mãe andou pela casa procurando Carol; perguntou ao pai se ela o acompanhou e, com a resposta negativa, saíram a procurar pela cozinha, quartos, banheiros e nada. Quando começaram a ficar apreensivos, pararam no meio da sala, olhando um para o outro e chamando com o tom de voz um pouco mais alto: "Carolina, Carol, onde você está?". O pai ouviu um som abafado, que dava eco e parecia ser uma vozinha de menina dizendo: "Estou aqui". Mas, se dava eco, onde ela podia estar? Foram até a porta, destravaram a tetra chave e, ao abrirem angustiados a porta, depararam com uma menininha assentada no chão olhando para eles com um sorriso enorme e, mais que isso, com jeito de quem tinha feito arte! Ufa! Que alívio, ali estava ela inteirinha e sorridente. Entraram morrendo de rir do episódio. Como podiam ter esquecido a filha para fora da porta? Como deixar para trás uma menininha com Síndrome de Angelman e que por isso inspira tantos cuidados?

Aí que se encontra minha particular alegria: antes das crises convulsivas, antes da ataxia que traz uma instabilidade grande com tremores e desequilíbrios, antes das dificuldades todas que enfrentam, os três sabem que existe uma pessoa. Carolina, uma pessoa. Carolina que, com três anos, pode ficar presa no hall do apartamento como qualquer criança. A Carolina que traz choro, angústia e muitas preocupações fez os três chorarem de rir da situação que viveram. Várias vezes e de diversas maneiras acontecem desses momentos em que Carol se sobrepõe aos problemas. Esses, provavelmente por isso – pelo fato de Carolina valer mais que eles –, ficam do tamanho mesmo que são e aí possíveis de serem tratados ou enfrentados ou às vezes só constatados.

A vida é muito preciosa, plena de riquezas, para que nos resignemos a vivê-la de qualquer jeito. Com Carolina, vivo um exercício muito proveitoso de fazer do cotidiano um encontro. Um encontro com o imprevisível, com possibilidades de escolhas várias, e ela me ensina e me aponta para escolher viver bem, com leveza, determinação, alegria.

Que bom. Ainda é possível estar no mundo para viver somente. Para viver e encontrar Carolinas.

ESCOLA FECHADA

Conheço uma menininha que vai fazer três anos agora em fevereiro. Desde que nasceu, ela enfrenta grandes dificuldades e sobrevive a todas bravamente. Até hoje nenhum médico conseguiu encontrar explicação para sua condição: nem na medicina, nem nas pesquisas científicas, nem nos mais recentes exames que temos no mercado.

Ela tem uma certa dificuldade de explorar o meio e manter contato com pessoas ou mesmo com seus brinquedos. Alguns supõem que ela tenha uma conduta autista, mas nada é comprovado, e outros já descartaram essa hipótese. O fato é que ela sempre foi muito pequenininha. Tem muita dificuldade de ganhar peso e por isso é miudinha, com mãozinhas e pezinhos delicados, um rostinho de boneca, com dois olhos expressivos, marcantes.

Durante nossa convivência, fui descobrindo que ela é a minha *Fofolete*. Lembram-se dessa bonequinha, de que nos anos 80 quase toda menina tinha coleções e que foi relançada agora pela *Estrela*? Pois é dessa boneca *Fofolete* que me lembro quando estou com a minha *Fofolete*. Esta tem pais dedicados, e, como eles veem nela uma pessoa, querem oferecê-la o que se deve dar às pessoas. São pais empenhados em seu desenvolvimento, desejam vê-la progredir e, por isso, agora optam por levá-la para uma escola. Lugar de conviver com outras crianças, lugar de conhecer outras possibilidades de relacionamentos, lugar de levantar hipóteses de raciocínio – escola: também lugar de ser feliz.

A mãe iniciou o ano buscando descobrir no bairro onde moram as escolas adequadas para uma menina de três anos. Fez uma lista de dez, visitou-as e foi eliminando uma a uma, até que restaram cinco. Na verdade, uma dessas escolas não foi eliminada, e sim eliminou a possibilidade de a *Fofolete* frequentá-la. Foi assim: na primeira conversa com a diretora, a mãe esclareceu as dificuldades que a filha enfrenta, no intuito de facilitar o entendimento das propostas da escola e no fundo, no fundo, com medo de que a escola não a recebesse. A diretora foi muito receptiva até o momento em que se deparou com uma situação inesperada: uma menina que não se enquadra nos padrões da escola. *Fofolete* se transformou rapidamente num problema. Tudo facilmente ficou maior que ela, já tão miudinha.

– Sabe o que é, temos que marcar uma hora pra você trazê-la aqui, não sei se a escola tem condições de receber sua filha. – Pronto, o recado estava dado: sua filha não cabe aqui. Ela precisa encontrar uma escola que receba pessoas com deficiência, onde será muito bem tratada, estimulada apropriadamente. *Por que estimulada só em um lugar especial? Especiais somos todos e todos merecemos lugares especialmente dedicados a nós.* E como é isso? Escola é lugar de quê? De selecionar pessoas, de segregar onde só cabem os que julgamos competentes? Quem disse que a *Fofolete* não tem competências? *E os que não são selecionados por esse critério, não são especiais?* Que escola é essa que se considera digna desse nome e não sabe se abrir para os desafios humanos que a vida impõe?

A mãe da *Fofolete* foi para casa com o coração apertado, sem saber muito bem o que foi que a deixou assim. Custou a dormir, pensativa. Já tinha aprendido a viver um dia de cada vez e toda a vida em um dia, agora não sabia mais nada.

Na verdade, a diretora é que devia ter chegado em casa com o coração apertado e sem conseguir dormir. O sono que descansa não pode vir para os que ainda não entenderam que a escola faz parte de uma sociedade e esta é que necessita de se adequar a todas as pessoas, sem exceção, todas especiais pelo simples fato de existir. Essa diretora precisa urgentemente fechar sua escola e se abrir para o mundo.

ESPINHOS DAS PALAVRAS

Feliz aquele que transfere o que sabe e aprende o que ensina.

Cora Coralina

Na espera telefônica, a gravação diz que aquela escola respeita a potencialidade de cada um, dando a todos condição de aprendizado. A voz sonora e melodiosa ainda chama a atenção para o fato de que naquela escola cada pessoa é única e sua individualidade é respeitada.

Diante de tal propaganda, lá foi a mãe, com grande expectativa, ver se a filha poderia ser *escolhida* para frequentar aquele ambiente. Aqui não se trata de escolher, e sim de ser escolhido. Essa inversão é curiosa e alarmante, pois uma escola que se diz de qualidade não escolhe. A escola que encara os desafios, especialmente o desafio da diversidade – no sentido mais humano que essa palavra entoa – e busca a qualidade para todos, de todas as maneiras e com todos os recursos, é a escola. Não necessita mais. Só ser escola.

Muito receptiva, a funcionária recebe carinhosamente a menina, com sete anos, para que esta passe três tardes sob o olhar das professoras, supervisoras, orientadoras. Querem ver se ela poderá frequentar a educação infantil (anteriormente chamada "jardim de infância", lembram?).

A menina Gabriela considerava *uma ideia* ir para essa escola grande, cheia de meninos e rampa e elevador e cores... Esta escola que seria *uma ideia* e que convidou Gabriela para ser observada fez propaganda enganosa. Após os três dias, pelo telefone, a supervisora pedagógica me comunica que não está preparada para aceitá-la.

Mas como? Não veem potencialidade em cada um? Não disseram que a prática é fundamentada no fazer de cada aluno? O que eles viram do fazer de Gabriela em três dias? O alto padrão de ensino só é oferecido para escolhidos? Quais são os escolhidos? Suspeito que Gabriela não está nessa lista por um motivo muito simples: a condição de aprendizado deve ser mútua.

Explico: não é possível ensinar Gabriela sem aprender. Esse exercício se dá quando tiramos os olhos das dificuldades que ela possa ter e voltamos esse olhar para nós mesmos, para o nosso aprender. Onde está minha dificuldade em oferecer as oportunidades a Gabriela? Por que não alcanço Gabriela com este conteúdo? Afinal, qual hipótese de raciocínio ela está fazendo que não consigo entender?

Aí se encontra a qualidade do ensino. Essa estratégia criativa e tão simples é que faz possível a qualidade para todos: alunos, professores, funcionários.

A escola argumenta que não está preparada. Em seu alto padrão de ensino não cabe Gabriela. Alto padrão?

Como vão se preparar? O que falta para eles ganharem ao conviver com Gabriela? O que falta para eles se deliciarem com suas conquistas, sua inteligência, sua braveza? Sua vivacidade e perseverança insistem em estar no mundo para acordar e humanizar as pessoas. Querem ver?

Dia desses, no final da sessão de fisioterapia, conversávamos:

– Gabi, sua escola fica longe ou perto da sua casa?

Ela me respondeu: "Fica longe".

– E como você vai para lá: de ônibus, de carro ou de especial?

– Eu vou de caminhonete.

Mas como? Eu sabia que o pai dela não tinha caminhonete. Também sabia que é ele quem leva os filhos para a escola (a mãe busca).

– Ah, você quer me dizer que gostaria de ir para a escola de caminhonete, né? Mas me conta, como você vai para a escola?

– Lúcia, você não entendeu. Eu vou de caminhonete para a escola.

– Não, Gabi. Você queria ir, mas você vai de outro carro. Quem te leva?

– Meu pai.

– Ah, então, com qual carro seu pai leva você?

Tudo isso, esse diálogo um tanto irritante que ainda se prolongou, na tentativa de fazer Gabriela dizer o nome do carro que eu supostamente conhecia. Não adiantou. Ela insistia em dizer que ia de caminhonete e eu em não acreditar nela. Depois de muito ficar nesse embate, falei:

– Tá bom, nosso tempo está acabando. Vamos deixar registrado no seu caderno que você vai de caminhonete. Agora vamos pegar suas meias e sapatos porque está na hora.

Ela calmamente começou a calçar. Quando abrimos a porta, seu pai já estava esperando por ela.

– Ah, que bom que você já chegou – eu falei. – Hoje aconteceu uma coisa engraçada.

E contei a ele o sucedido. Finalizei assim: "Pois é, acho que ela queria ir de outro carro para a escola"!

O pai, todo feliz, olhando bem nos olhos da filha, me respondeu:

– Sabe o que é, Lúcia, eu comprei uma caminhonete.

Fiquei pasma. Imediatamente me agachei para ficar na altura da menininha de sete anos que me olhava desafiadora e me indagando: "Não falei?".

– Gabriela, me perdoa. Você vai mesmo de caminhonete, né? Eu não acreditei.

Preferi acreditar na minha verdade, que considero tão absoluta... Ainda precisei de seu pai para reafirmar o que, de fato, é verdade.

Gabriela tem Síndrome de Down. Como sempre, saiu toda feliz do consultório. Já tinha me perdoado e saía perguntando ao pai pelos irmãos.

Eu fiquei ali, parada. Arranhavam-me por dentro os espinhos das minhas palavras. Da minha insistência em não reconhecer voz na pessoa da Gabriela. Que alívio nós duas sentimos quando o pai falou da existente caminhonete. Ela, por se ver reconhecida na verdade. Eu, por ver mais uma vez a pessoa Gabriela.

Estar no mundo e poder exercitar nesses momentos o que há de humanidade em nós todos é um privilégio. Humanizo-me ao conviver com Gabriela. Revejo-me em seu rosto amigo todas as vezes em que nos encontramos e reafirmamos o gosto de viver.

A escola com a propaganda enganosa também afirma que vencer o desafio do presente é o primeiro passo para o sucesso do futuro. Prefiro acreditar que o sucesso é vivido todo dia, junto com os desafios que se apresentam enormes e se tornam pequenos quando os encaramos cotidianamente.

Parece que não estou sozinha nessa crença. Gabriela já foi recebida em outra escola, grande, cheia de meninos e cores, onde estarão ela e seus irmãos (são dois). Vão enfrentar os desafios fazendo-os miudinhos.

Este livro foi composto em tipologia
Gatineau e impresso em papel Offset 90g/
m² (miolo) e Cartão 250g/m² (capa), na
primavera de dois mil e quatorze.